江戸美人捕物帳

# 入舟長屋のおみわ 春の炎

山本巧次

幻冬舎時代小説文庫

# 江戸美人捕物帳　入舟長屋のおみわ　春の炎

# 一

半鐘が鳴ったのは、丑三つ時（午前二時過ぎ）になろうかという頃だった。春眠暁を覚えずなどと古の誰かが詠んだ通り、ぐっすり寝入っていたお美羽は、文字通り飛び起きた。

「お父っつぁん、お父っつぁん、起きて！　火事よ。そんなに遠くないよ」

急いで布団を叩くと、生来ののんびり屋であるお美羽の父、欽兵衛もさすがに目を覚ました。

「な、何？　火事か。ああ、半鐘の音だな」

うろたえた声を上げているが、立って動こうという気配はまだない。お美羽は真っ暗な中、なんとか縁側に行って、雨戸を開けた。朧月の空を見上げると、長屋の屋根越しに煙が上がっているのがぼんやり見える。南の方だ。おそらく、五、六町（一町＝約百九メートル）くらい先だろう。あちこちで、灯りが灯った。

寝巻きの上に着物を羽織って家の外に出てみると、やはり半鐘の音で起き出した長屋の連中が、井戸端に集まっていた。

「おう、お美羽さん。ありゃあ、どの辺かな」

細工物職人の栄吉（えいきち）がお美羽を見つけて声をかけてきた。暗くて表情はよく見えないが、心配そうな声音だ。

「海辺大工町（うみべだいくちょう）の辺りじゃないかしら。大火事にならなければいいけど」

季節は春になったがまだ湿り気は少なく、乾いた木は燃えやすい。風でもあればあっという間に燃え広がってしまうところだが、幸い昨日の昼には小雨が降っており、風もほとんど感じられなかった。

表の二ツ目通りから、ばたばたと走り抜ける大勢の足音が聞こえた。塀の向こうを、纏（まとい）の房飾りが影になって通り過ぎる。火消（ひけし）の連中だ。

「あの纏は、七組だな。海辺大工町なら六組がもう出張ってるだろう」

遅れて外に出てきた欽兵衛が言った。

「先陣争いは、六組の勝ちでしょうねえ」

欽兵衛の言葉を受けて、栄吉が言った。江戸には大川の西にいろは四十八組、東に本所深川十六組の町火消があり、腕と度胸を売り物に、手柄を競っていた。時には火事場への先陣争いで、大名火消なども巻き込んで喧嘩騒ぎになることもある。

「どこが先陣でもいいから、さっさと片付けてもらいたいねえ」

この北森下町にある入舟長屋は手入れが行き届いているので住み心地は悪くないものの、建物が古く火事になったらあっという間に灰になる。大家である欽兵衛とお美羽にとっては、火が一番の大敵だった。

お美羽はもう一度目を凝らして煙の方を見やった。有難いことに、さっきより薄くなっているようだ。

「あれなら、大きな火事にならなくて済みそうだな」

長屋の一番端の家から出てきた浪人、山際辰之助が、安堵した様子でお美羽に言った。振り向くと、山際の妻の千江と、五つになる娘の香奈江も一緒だ。二人は武家の嗜みか、既に着替えていた。お美羽は、寝巻き姿を山際の前に曝しているのに気付き、赤くなって引っ掛けた着物の前を合わせた。

「あ、そ、そうですね。こっちに火が近付く様子がなくて、良かったです」

言いながら、つい俯き加減になる。実はお美羽は、去年山際が一人で引っ越して来たとき、その男ぶりの良さにすっかり惹かれてしまったのだ。その後、暮らしが落ち着いた山際が妻子を呼び寄せ、山際が独身だと勘違いしていたお美羽は、忽ち失恋の憂き目に遭った。山際がお美羽の心持ちに気付いていなかったのが幸いだが、今でも胸の奥にはちょっとした痛みが残っている。

「ああ、もう大丈夫そうだ」

少し経つと、煙が暗がりに呑まれ、見えなくなった。お美羽をはじめ長屋の一同は、ほっとして肩の力を抜いた。

「それにしても、こんな夜中に火事だなんて」

千江が眉根を寄せた。

「火の不始末にしちゃ、遅い刻限だな。付け火じゃねえだろうな」

左官職人の菊造が、無精鬚の目立つ顎を撫でながら言った。

「いや、付け火にしたって、もうちっと早いうちにやるもんじゃねえのかい」

栄吉が首を傾げると、菊造は、いやいやと手を振る。

「付け火に決まりごとがあるわけじゃねえだろう。例えばだな、夢見が悪くてふっと目が覚める。そうしたら、急に懐のことが心配になる。仕事にあぶれて、もう手元にゃ一文もねえ。鬼のような大家に店賃を迫られてるのに、払える当てがねえ。大家は今度払えなかったらすぐに追い出すと言っている。もう首でも縊るしかねえ。ならいっそ、長屋を燃やしちまえば店賃からも逃れられる。急にそう思い付いて魔が差し……」

「ちょっと菊造さん！　何てこと言うのよ」

お美羽は菊造の襟首をむんずと摑んだ。

「痛え、お美羽さん、何すんだ」

「何すんだじゃない。言うに事欠いて、店賃が払えなくて火を付けるだって？　半年も店賃を溜めてるあんたが言う台詞かい」

「い、いや、喩え話じゃねえか。何も俺が火を付けるなんて」

「当たり前よ！　そんなこと企んだりしたら、お役人より先に私が火炙りにしてやるからね」

「勘弁してくれよ。お美羽さんが言うと、ただの脅しに聞こえねえ」

「だったら、さっさと店賃払いなさいッ」

お美羽に叱られた菊造は、頭を抱えて逃げ出した。長屋のおかみさんたちが、それを見て大笑いする。欽兵衛は、眉を下げて溜息をついた。

「これお美羽。年頃の娘が寝巻き姿で店子に凄むなんて、何をしてるんだ。いつもそんなことだから縁談が……」

「あーもう、お父っつぁん、ここではやめて。とにかく、着替えてくるから」

お美羽は欽兵衛の小言を手で止めると、家に駆け込んだ。もう七ツ（午前四時）に近く、今さら寝直す気にもならない。寝巻きを脱いで新しい襦袢（じゅばん）と小町鼠（こまちねずみ）に小紋柄の着物に着替え、ほっと息をつく。

欽兵衛が毎度の如くに呈する苦言は、お美羽自身が一番よくわかっている。あんなに美人なのに気が強過ぎて、という世間の噂は、始終漏れ聞いていた。川開きの晩に言い寄ってきた男を大川に放り込んだだの、店賃の払いが悪い奴の家の障子を真っ二つに叩き割っただの、さんざんな言われようだ。自分ではそんなつもりはないのだが、噂に尾鰭（おひれ）が付いて独り歩きしているのだ。おかげでもう二十一になるというのに、縁談が持ち上がるそばから潰れていくという有様で、欽兵衛は頭を抱えている。もっとも、人が好過ぎて仕事が進まない欽兵衛に代わって長屋を切り盛りしているのはお美羽なので、もしお美羽が嫁に行ったら一番困るのは、欽兵衛のはずであった。

火事騒ぎは明け方には収まったようで、菊造と栄吉は何が燃えたのか見て来ると言って出かけた。お美羽は、せっかく早起きしたのだからと、いつもより早めに掃除を済ませ、寝直そうとする欽兵衛の尻を叩いて帳面を広げさせた。大家は家主に雇われて長屋を差配しているので、欽兵衛も入舟長屋の家主である小間物問屋の寿々屋（すずや）へ、月々の報告をしなくてはならない。欽兵衛は帳面仕事は丁寧なのだが、放っておくと度々期限に間に合わず、お美羽が手伝ってやらないと片付かないのである。

あれこれ言って、ようやく欽兵衛の筆が動き出したところで、朝から商いに出て来た棒手振り（ぼてふり）の豆腐屋の声が聞こえた。今日は豆腐の炊き合わせにしよう、と思い付いたお美羽は、財布を持って外に出た。

豆腐屋を呼び込むつもりで木戸から顔を出すと、ちょうど火消の七組の面々が通りを戻ってくるところだった。率いるのは頭の米蔵（よねぞう）で、お美羽の顔見知りだ。よく見ると栄吉と菊造も一緒で、纏持ちと何やら話しながら歩いている。

「頭、おはようございます。夜中から、ご苦労様です」

お美羽は通りに出て、挨拶した。米蔵が足を止める。

「おう、お美羽さんか。欽兵衛さんは相変わらずかい」

米蔵は五十になる胡麻塩頭だが、火消を束ねるだけあって眼光は鋭く、いつも引き締まった表情をしている。が、子供の頃から知っているお美羽を見ると、頬を緩めた。

「はい、おかげさまで。今、書き物を始めたところです」

「そうかい。ま、欽兵衛さんも、あんたがいりゃあ安心だな」

これは揶揄（やゆ）ではないようだ。お美羽は米蔵に愛想笑いを返すと、気になっていた火事のことを聞いた。

「ああその通り、海辺大工町だ。燃えたのは使ってない納屋さ。半分傾いた空家だ」

「納屋だけで済んだんですか」

「幸い、北隣が土蔵、南側が高い土塀だ。で、前は小名木川から引き込んだ堀だ。燃え移るところがなかったんで、大きな火事にはならなかった。俺たちが着いたときには、もう六組の連中が大方始末してたよ」

「それは良かったですねえ」

長屋や店が建て込んだところなら、少なくとも二、三十軒は燃えていただろう。火が広がり難い場所で運が良かった。だが一方、気になることもある。

「使ってない納屋、っておっしゃいましたね。そんなところから火の手がってことは……」

お美羽が言いかけると、米蔵の後ろにいた菊造が急に口を挟んできた。

「それだよお美羽さん。誰も火なんか使ってねえところで、いきなり火が出たんだ。さっき俺と栄吉が話したろ。こいつは付け火じゃねえかって。どうやら大当たりで……」

米蔵が振り向き、じろりと菊造を睨んだ。菊造は、後の言葉を呑み込んだ。一睨みで滅多なことを言うなと黙らせるとは、さすが火消の頭は目力が違う。

「まあとにかく、火の元には気を付けろ。見回りも、しっかりとな」

米蔵はお美羽に向き直って肩の力を抜くと、ごく当たり前の注意をして引き上げて行った。菊造は、首を竦めてそれを見送った。

七組の連中の後ろ姿が見えなくなると、菊造は栄吉に目配せして、お美羽を手招いた。

「頭に止められちまったけど、付け火なのは間違いねえ。それも、これ一件だけじゃなさそうなんだ」

「えっ、他にもあったの」

驚いて聞き返すと、栄吉も頷いた。

「纏持ちの功吉からこそっと聞いたんだが、四日ほど前にも亀戸の方で、やっぱり使ってねえ小屋が燃えたそうだ。そこも大火事にならなくて済んだわけだが」

「それも付け火だったたってぇのね」

「火の気のねえところだからな。功吉が言うには、雨露しのぎに潜り込んだ宿無しが、暖まろうとして火を起こしたせいだろう、って思ってたんだが、今日のボヤを見て、もしや同じ奴の仕業じゃねえかって気になったんだと」

「付け火をして歩く奴が出たんなら、怖いわねえ」

主のない小屋が燃えたなら、恨みや嫌がらせではなく、快楽を求めてのことかもしれない。いくら火の用心をしても、そんな奴に忍び込まれて火を付けられたら、手の施しようがない。米蔵が菊造のお喋りを止めたのは、町の人々が不安になるような噂を流したくなかったからに違いない。

「お役人には知らせるんでしょうね」

「ああ。八丁堀の耳に入れとくとは言ってたが」

「わかった。うちも用心しなくっちゃ」

そこへ栄吉の女房、お喜代(きよ)が、戻ったんなら早く朝餉(あさげ)を食べちまいな、と呼ばわる声がした。栄吉と菊造は、声に応じて軽く手を振り、家に入った。

さて、とお美羽は手を腰に当てた。火事の備えの天水桶、傷んでないかもう一度見ておこう。裏手に火の付きやすい紙屑などがないか、一通り調べて、念のため使ってない盥(たらい)に水を張っておくか。やっておくこと、他にないかな……。

そこで、はっと思い出した。豆腐を買うつもりで表に出たのに、すっかり忘れていた。豆腐屋は、とっくに行ってしまった。今日は別の献立を考えなくては。

栄吉が家に引っ込むのと入れ替わりに、その隣に住む仙之介（せんのすけ）が、戸を開けて外に出てきた。桶を持っているので、水汲みのようだ。お美羽を見て、愛想よく挨拶する。

「お美羽さん、おはようございます。夜中に半鐘が鳴ったような気がしたんですが、火事があったんですか」

仙之介は、今しがた起きたところらしい。半鐘の音では目覚めなかったのか。

「ええ、海辺大工町でボヤがあったんですよ。大事にはならなかったけど」

「へえ、そうなんですか。実は昨夜（ゆうべ）遅くまで仕事して、ぐっすり寝ちまってたもんで、どうも」

仙之介は面目なさそうに頭を掻（か）いた。

「お疲れだったのね」

「はい。師匠のところで昨日中に終わらせたい仕事がありまして。この頃、師匠のところには注文がだいぶ溜まってますんで」

よく見ると、仙之介の目の周りには、うっすら隈ができていた。

「繁盛してるのは結構だけど、無理しないでね……と言っても、なかなか難しいか」

「まあ、師匠次第ですから。いただくものはいただいてるんで、文句はないですが」

仙之介は仏師のもとで働く弟子で、今年二十二になる優男である。師匠の恒徳は仏師としては中堅どころだが、近頃急に人気が出て、数人いる弟子も大忙しらしい。恒徳の住まいと工房は、南に十町ほど行った万年町にあり、仙之介も初めは住み込んでいたのだが、仕事が増えて手狭になったため、近くの長屋を探すことにした。人づてに聞いたところ、入舟長屋の評判が良く、ちょうど一軒空いたところだったので、迷わず決めたという次第だった。

そこには指物職人の長次郎が住んでいたが、いろいろあって小田原へ修業に出ることになり、引き払ったばかりだった。欽兵衛とお美羽にとっても、ほとんど間を置かず信用できそうな借り手がついたので、有難い話だ。

「師匠の恒徳さんは、大した腕前なんですってね」

少し持ち上げてやると、仙之介は嬉しそうな顔をした。

「はい。弟子の私が言うのもなんですが、なかなかのもので。特に地蔵菩薩の人気が高うございまして」

「ああ。火除けのお守り、の話ね。火事が避けられた、とか」

その評判は、お美羽の耳にも届いていた。地蔵菩薩は子供を守ってくれる「お地蔵さん」としてよく知られるが、他にも様々なご利益がある。火除けもその一つで、それ専門の火除け地蔵を祀る寺もある。恒徳の彫る地蔵菩薩が急に人気となったのは、それを買った家が、近所の火事からの延焼を免れたせいであった。

それが一度だけなら単なる偶然として、誰も大して気にかけなかっただろうが、二月の間に二度、続いた。それが読売に書かれた。火事は江戸で一番の心配事なので、その読売はよく売れ、恒徳はすっかり有名になってしまったのだ。

「ええ、それです。あの火事のことは、はっきり覚えてます。二件目の火事の後は、本当にあっという間に評判が広まりましたから、私も狐につままれたような心持ちがしましたよ。火事の難を避ける、ということで、火除け地蔵を是非、と注文されるお客様が大変多くて」

「誰でも、火事は嫌だもんねえ。間違って火を出したりしたら、お咎めを受けるし」

そこでお美羽はちょっと声を落とした。

「こんなこと聞くのもなんだけど、お師匠様の地蔵菩薩、本当に霊験があるの」

「ははあ、それは」

仙之介は苦笑を浮かべた。

「信じて精進されるのが何より、とだけ申しておきましょう」

「ああ、そりゃそうよね」

そう簡単に仏像に霊力が宿るわけではないだろうが、弟子の口からは、そうも言えまい。愚問だったなあ、とお美羽は自分で嗤った。

「水汲みしたら、仕事に行きます。今日も遅くなりそうですよ」

仙之介は、手にしたままだった桶を軽く叩いて言った。お美羽は、手を止めてごめんなさい、と言って家に足を向けた。仙之介は、感心な働き者だ。こういう住人が増えてくれると、お美羽としては大いに助かる。ぐうたらでしょっちゅう仕事にあぶれる菊造も、仙之介の爪の垢でも煎じて飲めばいいのに。

火事騒動が入舟長屋にまで飛び込んできたのは、それから二日経った真夜中のことだった。

深く寝入っていたお美羽は、雨戸を外から激しく叩く音で起こされた。真っ暗な中で音だけがんがんと響いている。お美羽は半分ぼうっとしながら身を起こし、何よ何よと一人で呟いた。

「火事だ、大家さん、お美羽さん、火事だよッ！」

火事、のひと言で、働いていなかった頭に活が入った。お美羽は布団をはね飛ばし、隣の部屋との境の襖(ふすま)を引き開け、こちらも寝ぼけ眼の欽兵衛に怒鳴った。

「お父っつぁん、火事よ、早く！」

「か、火事だって」

欽兵衛は飛び上がったものの、足がもつれて布団に倒れ込んだ。まったく、何やってるのよ。お美羽は、とにかくしゃんとして、と欽兵衛の背中を叩き、大急ぎで雨戸を開けると、裸足で外に飛んで出た。途端に、焦げ臭い臭いが鼻をついた。目の前に、人影がある。暗くて顔が見えないが、さっきの声からするとお喜代に違いない。

「お喜代さんなの？　火事はどこ」

「ああお美羽さん、うちの裏手だよ。長屋の塀が燃えてるんだ。仙之介さんとこの、すぐ横辺り」

「水は？　水はかけたの」

「水瓶（みずがめ）だけじゃ足りなくて、うちの人と仙之介さんが、天水桶に」

「わかった。急がなきゃ」

お美羽は井戸端へ走った。その間にも、火事だ火事だ、という叫び声が続いて上がり、長屋の住人が次々に飛び出して来る。それにぶつかりそうになりながら井戸に着くと、仙之介が大きな桶に水を汲んでいる最中だった。

「仙之介さん、どうなってるの」

「お美羽さんですか？　何だかわかりませんが、うちのすぐ裏の塀が燃え出したんです。栄吉さんと菊造さんと山際の旦那が、手桶で溝（どぶ）から水をかけてます」

仙之介の指す方を見ると、長屋の屋根の向こうが薄桃色に染まり、煙が上がっているのがはっきり見えた。お美羽はそちらに駆け出した。

「あ、お美羽さん、危ないから俺たちに任せて」

仙之介が言うのも聞かず、お美羽は裏手に回った。回り込むと、炎がはっきり見えた。通りの側から五間（一間＝約一・八メートル）ばかり入った辺りで、塀の板を赤い舌がちろちろと這い登っている。そこへ、塀の両側に集まった男衆が次々に水をかけていた。塀の外側は幅四尺ほどの溝になっていて、あまり綺麗ではない水が流れている。それを桶ですくっているのだ。

「ご免なさいよ」

仙之介ともう一人が、お美羽を押しのけるように前に出てきて、二人がかりで井戸から汲んだ水をかけた。火の勢いが目に見えて弱まり、白っぽい煙が立ち込めた。

「もう少しだ。どうやらこれ以上広がらずに済みそうだぞ」

塀の外側から、山際の声が聞こえた。お美羽はほっとして、長屋の壁にもたれかかった。

「おうい、どうなってる。みんな、大丈夫か」

寝巻きにどてらを羽織った欽兵衛が、どたどたと走ってきた。自分の長屋が火事で焼けてしまうのは、大家として最も忌むべきこと、最大の恥だ。暗くてわからないものの、欽兵衛の顔は蒼白になっているに相違ない。

「大家さん、心配いりやせんぜ。どうやら消えそうでさァ」

菊造が一歩前に出てきて、答えた。

「おお、そりゃ良かった。みんな、よくやってくれたね」

欽兵衛は、安堵が滲(にじ)み出た声音で言った。少し震えているようだ。

「へい、そりゃもう。うちの長屋から火を出して、町中が燃えちまっちゃ、それこそ世間様に顔向けできねえ。抜かりはありやせんぜ」

菊造は大見得を切るように胸を張った。その頭を、栄吉が思い切りはたいた。

「何言ってやがる。てめェが采配して火を消したみてぇにぬかしやがって。お前は二番目に火元に近(ちけ)ぇのに、気付いて出てくるのは一番遅かったじゃねえか。いつも通りに飲んで寝てやがったんだろう」

「い、痛ぇじゃねえか。そりゃま、お前よりはちいっと出遅れたかもしれねえが、俺だってちゃんと働いてだな」

「何がちゃんとだ。お前、水を何杯かけた」

「え？　ええっと、三杯？　いや、五杯だっけ」

「山際の旦那は、三十杯はかけてたぞ。何やってんだ」

「いやその……十を超える数は勘定できねえ」

「嘘つきやがれ、この役立たずめ」

「はいはい、もうわかったから」

お美羽が栄吉と菊造の肩を叩いて黙らせた時には、火はもうすっかり消えて、くすぶるだけになっていた。

「やあ、ボヤで片付いたようで良かった」

通りの側を回って、山際が戻ってきた。火に気付いてすぐ桶を手に取ると、裏側に回り込んで溝に飛び込み、水をかけ続けてくれたらしい。お美羽は、深々と腰を折った。

「山際さん、ありがとうございました。大層お働きいただきまして、おかげさまで大事に至らずに済みました」

「ああ、いや、長屋のみんながすぐに動いてくれたからな。私じゃなく、みんなで消したんだ」

山際が謙遜するように手を振った。

「いや、さすが山際の旦那だ。動きが早くて、無駄がねえ」

栄吉が言うと、欽兵衛もその通りだと頷き、改めて山際に礼を言った。

「あなた、お怪我はありませんか」

千江が心配そうに声をかける。山際は、着物が汚れただけだよと笑い声を上げた。千江がほっとした様子で山際に歩み寄り、手拭いを出してその顔を拭いた。そんな様子に、お美羽の胸の奥がまた少しだけ、ちくりとした。

「それにしても変だねえ。こんなところで火が出るなんてさ」

お喜代がくすぶる塀を見ながら、ぼそっと言った。そのひと言で、皆が一斉に強張るのが気配でわかった。火を消すのに夢中になっている間は考えなかったことだが、一旦落ち着くと、誰もが思い至ったようだ。

「こいつはやっぱり……」

栄吉が口に出しかけて止めた言葉を、敢えてという口調で山際が続けた。

「付け火、だろうな」

「そんな……いったい誰がうちの長屋に。恨まれるような覚えはありませんよ」

しばし安堵していた欽兵衛が、再び震え声になった。

日が昇り、少し落ち着いてきたところで、お美羽は岡っ引きの喜十郎(きじゅうろう)を呼びに行った。付け火だとしたら、このままにしておくわけにはいかない。

「何だと、入舟長屋に付け火？　そいつは聞き捨てならねえぞ」

南六間堀町の喜十郎はこの界隈を縄張りにしており、お美羽や欽兵衛ともよく知った仲だ。気難しい四十男だが、岡っ引きとしての腕は確かで、付け火と聞くとすぐさま腰を上げた。

「火消を呼ぶほどじゃなかったのか。ボヤで済んだのは幸いだったな」

「ええ、見つけたのが早かったので、長屋じゅう総出で消し止めました」

「念のため聞くが、火を付けた奴を見たって話は、ねえんだな」

「はい。さすがにそれは。火元に一番近い仙之介さんが言うには、皆に叩き起こされて外を覗いたら、もう火の手が上がっていたって」

喜十郎もそこまでは期待していなかったようで、そうかと軽く頷いた。

「まずは火元を見てからだな」

喜十郎は、若い下っ引き二人を連れて、お美羽と一緒に入舟長屋に出向いて来た。欽兵衛に「大変だったな」と挨拶すると、まず山際を呼び出した。山際はこれまでに何度か捕物を手伝っているので、喜十郎としてもそれなりに信を置いているのだ。

「ああ、親分。朝早くにご苦労だな」

「どうも。早速ですが、火を消したのは専ら山際の旦那だって聞きやした。どんな按配だったんです」

「いや、火を消したのは長屋の連中総出で、私はその中の一人というだけだ」

山際は控えめに言うが、栄吉によると、采配を振ったのはやはり山際だということだ。山際はいつでも、自分の働きを吹聴するようなことはしない。

「こっちに来てくれ」

山際は喜十郎たちを、焦げた塀の外側に案内した。幅四尺の溝の縁に沿って、足元に気を付けながら一列で進む。五、六間ほど進んだところで、山際が止まった。ちょうど仙之介の家の裏で、そこの塀の板はほとんど炭になってボロボロだ。三間分くらいは板を全部張り替えなくちゃ、とお美羽は溜息をついた。

「油の臭いがしやすね」

年嵩(としかさ)の方の下っ引き、甚八(じんぱち)が鼻をひくつかせた。

「溝伝いに入ってきて、塀に油をかけて火を付けたのか」

喜十郎は左右を見渡して、焼けた塀を叩いた。

「もっと奥の隅っこの方が目立たねえし、探せばもっと燃えやすいものがありそうだが、なんでここなんだろうな」

それを聞いて、お美羽も首を巡らせた。ここは、入舟長屋の真ん中辺りだ。溝を挟んだ向こう側には、隣の長屋の板塀が同じように立っている。喜十郎の言うように、火を付けるにはあまり向かない場所に思えた。

「おい、溝に何か落ちてないか、調べてみろ」

喜十郎は二人の下っ引きに顔を向けて、指図した。付け火をやった者が、何か証しになるものを残していないか確かめようというのだ。甚八はこれを聞いて、もう一人の下っ引き、寛次をじろりと見た。寛次は喜十郎のところに来て一年余りで、年も甚八より四つは下だ。察して顔を顰めたが、親分や兄貴には逆らえない。綺麗とは言い難い水に膝まで浸かった。

「何だかちょっと臭いですよ」

「何だおい、情けねえ顔をするんじゃねえ。山際の旦那は、昨夜ご自分でその溝に入って、燃えてる塀に懸命に水をかけて消しなすったんだぞ」

「いや兄貴、目の前が火事なら話は別でしょう」

「ぐだぐだ言うな。もっと性根入れて探れ」

甚八に怒鳴られた寛次は、ますます情けない顔になって腕を薄汚れた水に突っ込み、底を探り始めた。それを見た喜十郎は、焼けた塀に目を戻した。

「この向こう側は誰が住んでるんだい」

「さっき言った、仙之介さんですね、仏師のお弟子の」

お美羽が言うと、喜十郎は首を傾げたものの、すぐ誰だか思い当たったようだ。

「ああ、長次郎の後に入った奴か。引っ越してきたばかりで目の前でボヤとは、間が悪い話だが、家まで火が移らなくて幸い、か」

喜十郎は顎を掻いた。その後ろから、溝の中の寛次が声をかける。

「何も見つかりやせんぜ」

「そこだけじゃなくて、表通りの方までずっと調べてみろ。気の利かねえ奴だな、まったく」

甚八が尻を叩くと、寛次はがっくり肩を落とし、向きを変えて半ば四つん這いで、溝の中を通りの方へ進んで行った。お美羽は、ちょっと気の毒になった。後で井戸を使わせてあげて、熱いお茶でも出してあげよう。

「お美羽さん、入舟長屋が狙われる心当たりはねえのか」

喜十郎の問いに、お美羽はかぶりを振る。

「考えたんですけど、何も思い付きません」

「お美羽さんのことだから、振った男をまた川に放り込んで、恨まれたとか」

甚八が茶々を入れたので、睨みつけた。

「次はあんたをこの溝に放り込もうか」

甚八は大袈裟に震え上がり、くわばら、くわばらと後ろに引っ込んだ。

「ふうん。どう見ても、行き当たりばったりで狙う場所じゃねえと思うが……」

喜十郎が言いかけたとき、寛次が声を上げた。

「親分、こんなものが」

皆が一斉に振り向いた。通りの近くまで進んでいた寛次は溝に立って、片手に長い紐のようなものを持ち、こちらに突き出している。

「水際(みぎわ)の草の根に引っ掛かってやしたんで」

喜十郎と甚八が歩み寄り、寛次の摑んでいるものをしげしげと見た。甚八が舌打ちする。

「何だよ、ただの紐じゃねえか。もっとましなものを見つけて……」

「おい、ちょっと寄越せ」

喜十郎が甚八を黙らせ、手を差し出した。寛次がその手に紐を渡す。思ったより長い。

「切れ端じゃなく、こんな長いものが捨ててあるってのは変だな。この辺にゃ、紐や縄を使う店はねえぞ」

喜十郎は紐を腕に巻き取った。どうやら、五、六間ほどの長さがありそうだ。それを見た山際が、はっとしたように眉を上げた。

「親分、その紐の端を持って、そこの、長屋の木戸の柵のところに立ってみてくれ」

喜十郎の目付きが変わった。山際の考えていることがわかったようだ。言われた通り、紐の端を持って柵の脇に立った。柵の向こうは表通りで、長屋の塀はその横から始まっている。

山際は紐の反対側の端を持ち、ゆっくり引いていった。甚八も寛次も、その様子をじっと見つめている。

紐がぴんと張ったところで、山際は足を止めた。塀を見て、やはりと頷く。そこは、まさしく付け火をされた場所であった。お美羽は目を見開いた。

「山際さん、これって……付け火をした人は、紐で表からの距離を測っていた、ということですか」

山際がうっすら笑みを浮かべ、頷く。

「ああ。たまたま捨ててあった紐、と言うには、都合が良過ぎる。付け火をした者がうっかり落とし、暗くて拾えなかったのだろう」

「ということは……」

「仙之介の家の裏をきっちり狙って火を付けた、ってことさ」

紐を巻き取りながら、喜十郎が言った。

## 二

お美羽の家の座敷に、仙之介が呼び出された。いつも通り仕事に行こうとしていた仙之介は、すっかり当惑している。

「私の家を狙った、って言うんですか。いったいどういうことで」

「それを聞きてえのは、こっちだ」

喜十郎が強面を仙之介に向けた。まるで仙之介に罪があるとでも言いたそうだ。

「そう言われましても親分、何も思い付きませんので」

「喧嘩をしたとか、よその女にちょっかいを出したとか、そんなことはないのかい」

欽兵衛も、ちょっと苦い顔をしている。いい店子が入ったと思ったのに、火を付けられるほど恨まれるような男だったとは、とんだ迷惑だ、と思っているらしいが、さすがに口には出さない。

「とんでもない。喧嘩するような腕っぷしはありませんし、女にもとんと縁がないんですよ」

仙之介は、本当に困り果てているように見える。何の気なしにしたことで人の恨みを買う、ということは時にあり得るが、仙之介は身勝手な男にも見えない。お美羽も首を捻った。

「仙之介さん、仕事の上ではどうなの。何か揉めたことは」

「仕事、ですか。いえ、それも。近頃は師匠が忙しく、ご注文をお断りして相手の人が怒ったことはありますが……」

「そういうことなら、恨まれるのは師匠の恒徳で、仙之介ではあるまい」

山際が言うと、喜十郎も「確かに」と腕組みした。

「まあ、どうにも心当たりがねえってんなら仕方がねえが」

喜十郎は、ここでこれ以上話しても埒が明かないと諦めたようだ。

「紐で測って火を付けたとすりゃ、そこでなきゃいけねえ理由が何かあるはずだ。しばらくじっくり、考えてみてくれ」

仙之介は青い顔で、わかりましたと頭を下げた。喜十郎は続いて、欽兵衛に言った。

「欽兵衛さんも、長屋に関わる揉め事がなかったか、よく考えておいて下せえよ」

「あ、ああ、わかりましたよ」

欽兵衛は、憮然とした様子で頷いた。

「ねえ親分、この前、海辺大工町でボヤがあったでしょう。あれも付け火じゃなかったんですか」

お美羽が尋ねると、喜十郎はまた余計なことを、というように眉間に皺を寄せた。

「あれか。あんたの言うように、付け火だよ。あれと今度のと、関わりがあるって言いたいのか」

「そうまでは言いませんけど……近所の話なので」

海辺大工町のボヤは人気(ひとけ)のない納屋で、今度は大勢が住む長屋の塀だ。同じ手口とは言い難いと、お美羽も承知してはいる。

「近所とは言っても、全然違う話だ。同じ奴とは、ちょっとな」

「でも親分、この頃、付け火が多いんじゃないのかい」

欽兵衛が言うと、喜十郎もそれは認めた。

「確かに何件か、続けて起きてる。実は青木(あおき)の旦那もちょいと気にしててな。今日のこの話も、これから旦那のところへ話しに行くんだが、さて何を言われるか」

青木の旦那とは、喜十郎が従っている北町奉行所定廻り(じょうまわ)同心、青木寛吾(かんご)のことだ。近頃の役人としては真面目で公平、頭も切れる。その分、配下の目明しにも手抜きを許さないので、喜十郎たちにとっては、頼り甲斐半分、煙たさ半分、といったところのようだ。

「青木様は、このところの付け火について、何かおっしゃってますか」

「ああいうお人だからな。何か考えてるみてえだが、なかなか口にはしねえよ」

喜十郎は肩を竦め、今日のところはこれで、と帰って行った。

「しかし、付け火にせよ何にせよ、火事が増えてるのは心配だねえ。また大火事なんてことになったら、かなわない」

欽兵衛は、心配そうに眉を下げた。この後、家主の寿々屋に付け火があったことを告げに行かねばならないので、気が重いのだろう。

「そうだ、仙之介さん。あんたの師匠の地蔵菩薩は、火除けに効き目があるって評判じゃないか。どうだろう、ここは長屋のために一つ作ってもらえるよう、師匠に頼んじゃくれまいか。お代は少し高くても構わないよ」

欽兵衛は、急に明るい顔になって言った。寿々屋に付け火の話をするとき、策の一つとして火除けに効能ありと評判の地蔵菩薩を注文した、と言えれば顔が立つ、と思い付いたのだろう。だが仙之介は、申し訳なさそうに首を振った。

「さっきも申しましたが、生憎このところ、注文が凄く立て込んでおりまして。右から左にすぐ作れるというものではありませんので、今からですと三年はお待ちいただくことに」

三年待ち、と聞いて欽兵衛は目を丸くした。

「そんなに！　さすがにそこまで待てないよ。どうにかならないもんかね」

「自分の世話になってる長屋のことですし、何とかしたいんですが、同じような話が幾つもあって……」

仙之介は俯いて赤くなっている。付け火も自分のせいではないかと喜十郎に言われたばかりで、余計に責めを感じているのだろう。お美羽は気の毒になって、口を出した。

「ほらもうお父っつぁん、仙之介さんを困らせちゃ駄目よ。それでなくても、付け火で気疲れしてるんだから」

窘められた欽兵衛は、がっかりした表情になった。

「仕方ない。それじゃあ、諦めるとしようか」

「ほんとに、申し訳ありません」

仙之介はますます恐縮した様子で、畳に手を突いた。

「やあ、こりゃあ危なかったな。これだけ塀が焼けてるってことは、ちょっと遅れたら長屋の、少なくともこっちの棟は丸焼けになってたぜ」

大工の甚平は、焼け焦げた塀を前に、四角い顔をさらに硬くして言った。塀を崩れかけたままにはしておけないので、早速お美羽が修繕してもらおうと呼んだのだ。

「溝の側から火を付けたんだな」

「そうなのよ。まったく、とんでもない奴だわ」

お美羽は腹立ちを抑えられずに言った。

「絶対、落し前つけてもらうんだから」

「お美羽さんを本気で怒らせちゃ、付け火した奴も災難だな」

お美羽の性分を知っている甚平が、苦笑した。

「板を五枚ほどと柱も二本取り替えて、横木は焦げたところを切り落として新しいのをつなぐか。一日でできるだろう。材料揃えて、そうだなあ、明後日でいいか」

「それでお願い。焼けた板は、捨てないでね。証しとして置いとけって、喜十郎親分が」

「わかった。誰がやったか、親分にも見当はついてねえのかい」

「今のところは皆目……かな」

お美羽は少しばかり語尾を濁らせた。付け火は、仙之介の住まいを狙ったと思われるのに、当の仙之介は困惑するばかり。様子からすると、嘘を言っているとも思えない。

「お美羽さん、何か企んでるのか」

つい考え込んでいたらしい。甚平に見透かされてしまったようだ。いえいえ何も、と誤魔化したが、お美羽の胸の内では、付け火を誰が何のためにやったのか、暴き出してやりたいという思いがふつふつとたぎっていた。父親の欽兵衛は万事にのんびりした楽天家だが、お美羽は一徹者の職人で物事に白黒をつけないと収まらなかった母方の祖父の血を、濃く受け継いでいる。この付け火は、自分の預かる長屋と店子が狙われたのだ。真っ黒になった塀を見つめながら、きっちり片を付けてやらなくちゃ、とお美羽は心に決めた。

翌々日は雨だったが、甚平は昼過ぎに雨が止むのを待って、約束通りに塀を直してくれた。塀の真ん中辺り二間ほどが白木になったので目立つが、通りに面した塀でもないし、つぎはぎだらけの塀など珍しくもない。燃えにくくする工夫はないかと聞いたが、さすがに土塀にでもするしかないと言われて諦めた。

一方、付け火の調べの方は進んでいないようだ。喜十郎も下っ引きたちも、あれから姿を見せていない。お美羽は長屋の雑事に追われながら、何かできることはないかと考えた。仙之介は毎日仕事に出ていて変わった様子はないし、一度、七組の米蔵さんのところに相談してみようか。火事のことなら火消に聞くのが一番いいかもしれない。

そんな思案の最中、思ってもみなかったところから「火の手」が上がった。

真夜中過ぎ、また半鐘が鳴り、お美羽は飛び起きた。ボヤのおかげで半鐘の音にはすっかり敏感になってしまった。それは欽兵衛とて同じらしく、ごそごそとうごめく気配がする。

「また火事のようだよ、お美羽」

引きつったような声を出す欽兵衛を制し、お美羽は雨戸を開けた。海辺大工町のボヤのときより、少し刻限は早そうだ。

「半鐘は遠いみたいだね。大川の向こうじゃないかしら」

そうか、と欽兵衛は安堵の息を吐いた。

「風はあまりなさそうだな。これなら、間違っても大川を越えて火の手が延びることはないね」

「お父っつぁん、油断しちゃ駄目よ。風の具合なんて、いつ変わるかわかんないんだから。用心に越したことはないよ」

まだ春は浅く、夜の冷気が肌を刺した。お美羽はそのまま明るくなるまで起きていることにし、布団の上に座って手探りで綿入れを引き寄せ、羽織った。

「また付け火だったら、大変だ」

「お役人だって気を付けてるだろうし、そう何度も続かないと思うけど」

「いや、もし火を付けて楽しんでるような奴なら、流行り病みたいなもんだからね。寧ろ捕まるまで続けるんじゃないか」

欽兵衛の言うのにも一理あった。うちに火を付けたのがそんな奴で、江戸の夜をねばいいが。

跋扈し続けているなら、江戸の住人はおちおち寝てもいられない。変な噂が広まら

半鐘は、しばらくすると鳴り止んだ。幸いなことに、大火にはならなかったようだ。日が昇ってから、お美羽はいつも通り朝餉と掃除を済ませ、火事の様子を見て来ると欽兵衛に告げて通りに出た。野次馬根性ではないが、やはりどうも気になったのだ。

大川の向こうなのは間違いないだろうが、火元はわかるかなと考えながら歩いていたら、二ツ目之橋の袂で、都合のいいことに七組の纏持ちに出くわした。

「あ、もし、七組の功吉さんじゃありませんか」

声をかけると、相手が立ち止まった。

「ああ、確か入舟長屋の。何かご用で」

功吉は強面だが、お美羽の顔を見て目尻を下げた。同時に鼻の下も少し伸びたようだ。

「足止めしてごめんなさい。夜中に半鐘が鳴ったけど、火元はどこだったんです

か」

　ああ、そのことで、と功吉は頷いた。

「神田豊島町でさァ。大倉屋って呉服屋、知ってますかい」

「ええ、名前くらいは」

　大倉屋はそこそこ知られた大店だ。高級な呉服を主に扱うので、お美羽にはあまり縁がないが、大名家などとの取引が多いと聞く。そこが燃えたというのか。

「火元は大倉屋さんなの」

「そうです。うまく消せたんで、燃え広がることがなくてほっとしました。あっしらもすぐ出張れるように構えてたんですが、出番なく済みましたよ」

　神田は本所深川十六組の縄張りではないが、大川を越えての飛び火を食い止めるよう、備えなくてはならない。今回は、そんな大ごとにはならなかったのだ。

「良かったわ。でも、大倉屋さんは焼けちゃったのね」

「丸焼けにはならず、半焼けで済んだようですがね。しばらく商いはできねえでしょうが、死人も怪我人も出なかったそうなんで、不幸中の幸いってやつですかね」

　そこで功吉は一度言葉を切って、左右を確かめる素振りをした。それからお美羽に顔を寄せ、声を落として言った。

「どうも、付け火じゃねえかって話が」

「えっ」

どうやら、懸念した通りだったらしい。お美羽は顔を強張らせた。

「言っちゃなんですが、入舟長屋のボヤも付け火だったでしょう。何とも嫌な感じですねえ」

功吉は、入舟長屋の付け火と関わりがあるかもと思って、内緒で教えてくれたようだ。お美羽は礼を言って功吉と別れ、両国橋を渡って豊島町に向かった。

神田豊島町の大倉屋の前には、火が消えて二刻余りになろうかというのに、野次馬が大勢集まっていた。が、店の表構えは特に変わった様子もなく、看板もそのままだ。表側まで火が回らなかったのだろう。常と違うのは、もう五ツ半（午前九時）近いのに大戸が下りたままなのと、奉行所の小者が何人か、張り番に立っていることだ。

「大倉屋も災難だな」

「それでも、裏側半分焼けただけで済んだらしいぜ。土蔵のおかげで、火が隣に移らなかったって言うしな」

「そういや、隣は道を挟んで大名屋敷の土塀だ。建て込んだ長屋とかだったら、ひとたまりもなかったんじゃねえか」

「昨日の雨で木が水気を吸ってなかったら、もっと火の回りが早かったかもな」

野次馬たちが口々に言い合っている。耳に入った限りでは、大倉屋は幸運だったと皆が思っているらしい。付け火されたと聞いたら、幸運なんて言ってられないだろうけど、とお美羽は思った。

裏へ回って焼けたところを見られないものか、と辺りを見回していると、表の潜り戸が開いて、瘦身（そうしん）の八丁堀同心が現れた。野次馬たちの目が、一斉に注がれる。彫りの深い顔が見え、お美羽は「ああ、やっぱり」と一人頷いた。馴染みの相手、北町奉行所の青木寛吾だ。喜十郎の言っていた通り、一連の付け火を追っているのだ。

青木に続いて、羽織姿の若い男が出てきた。目元の爽やかな男前だ。番頭にしては若過ぎるので、大倉屋の若旦那だろう。

若旦那らしい男は、青木に何度も頭を下げて送り出してから、野次馬たちの方を向いて深々と頭を下げ、皆様、御迷惑をおかけいたしましたとよく通る声で言った。丁寧に挨拶された野次馬たちは思わず襟を正し、大倉屋さんこそ大変でしたねとか、店が開くのを待ってますぜなどと、応援の声を上げた。お美羽は少し感心して、その様子を見ていた。

その場を去りかけた青木がこちらを向き、お美羽と目が合った。青木の眉が動いた。青木はお美羽の立つ方へ近寄ると、目配せを寄越した。ちょっと付き合えということらしい。お美羽は野次馬からこっそり離れ、青木の後を追った。

野次馬から見えないところまで来ると、青木は足を止めてお美羽を手招きし、傍にある番屋を示した。お美羽は足を速め、青木に続いて番屋に入った。

「何だお前、今度は大倉屋の火事に首を突っ込もうってのか」

青木は上がり框(がまち)に腰を下ろすなり、言った。お美羽は慌ててかぶりを振る。

「いえ、そんな。ただ、付け火らしいって小耳に……」

言ってから、しまった、口が滑ったと思ったが、もう遅い。青木の眉が上がった。

「どこから聞いた」

「あ、いえ、その……実は火消の兄さんから」

青木は、ふん、と鼻を鳴らした。

「まあ、そんなこったろうと思ったぜ。お前、付け火と聞いて、この前の長屋の付け火と結び付けて考え、様子を窺(うかが)いに来たんだな。図星だろう」

すっかり見抜かれている。お美羽は、「はあ、おっしゃる通りでございます」としおらしく俯いた。が、叱られるかと思いきや、青木は「うむ」と唸って、お美羽にまあ座れと言った。

「お前だから、話してやる。その見込み、間違っちゃいねえ」

「え、そうなのですか」

実はお美羽と山際は、今までに何度か捕物を手伝って鋭い冴えを見せたことで、青木から一目置かれている。青木はそれを踏まえ、お美羽には話しておこうと考えたようだ。しかし、貧乏長屋と高級呉服の大店(おおだな)では、あまりに違い過ぎるのではないか。

「付け火なのは、間違いないんですか」

「ああ。裏手の塀に油をかけて火を付けたんだ。そこから家の奥座敷に火が回って、建物の半分くらいが焼けたんだが、両側が土蔵や土塀でな。そこから向こうへ火は回らなかった」

「燃えたのは大倉屋さんだけですか。でも、ボヤでは収まらなかったのですね」

「そこはお前の長屋とちょっと違うが」

「あの……油をかけて火を付けたのは一緒ですけど、それは別に珍しい手口じゃないと思いますが」

付け火で油を使うことなど、寧ろ普通ではないか。青木は、何をもって入舟長屋との繋がりを言うのだろう。

「もちろん、それだけじゃねえ。こいつだ」

青木は、懐から巻いた紐を出した。お美羽は、目を見開いた。入舟長屋の溝で見つかったものと、よく似ている。

「青木様、それが大倉屋に?」

青木は紐をつまんで振りながら、言った。

「そうだ。裏の塀の外側の、下生えの中に落ちてた。しかもな、大倉屋の裏の塀の端からこの紐を伸ばすと、ちょうど火が付けられたところに当たるんだよ」

## 三

それから二日経って、お美羽の家に客があった。

「ごめん下さいまし。入舟長屋の大家さんのお宅は、こちらでしょうか」

聞いたことのない声だった。誰だろうと欽兵衛と顔を見合わせてから、お美羽は表口に立って戸を開けた。

「はい、さようでございますが、どちらの……」

問いかけて相手の顔を見たお美羽は、あれっと思った。大倉屋で、火事の後に青木を送り出していた若い男だ。

「あ、もしかして大倉屋さんの」

男は丁重に頭を下げた。

「はい、大倉屋の当主勝兵衛（しょうべえ）の倅、勝太郎（しょうたろう）と申します。突然お伺いいたしまして、申し訳ございません」

そう挨拶して顔を上げた勝太郎を見たお美羽は、一瞬言葉を呑んだ。先日も遠目に爽やかな感じを受けたが、こうして間近で見ると、すっきりした目元に鼻筋が通り、形の良い薄い唇から真っ白な歯がこぼれていて、役者にしたいほど整った顔立ちだった。お美羽は顔が熱くなりかけ、急いで言った。

「さ、さ、どうぞお上がり下さいませ。狭苦しいところでございますが」

「いえ、とんでもない。お邪魔をいたします」

あー、もっと丁寧に掃除しとくんだった、と胸中後悔しながら、お美羽は勝太郎を座敷に通した。欽兵衛は、ちょっと驚いた風に客人を迎えた。

「これは大倉屋の若旦那、わざわざのお越し、恐れ入ります。このたびは大変な災難で、お見舞いを申し上げます」

「ありがとうございます。おかげさまで何とか、丸焼けにはならずに済みましたが、しばらく商いは休むしかございませんので、方々にご迷惑をおかけしております」

「でも、どなたもお怪我はなさらなかったのでしょう。それはとても良うございましたね」

お美羽はお茶を出して、そのまま座敷に座り、勝太郎にちらちらと目をやった。お美羽の言葉に「はい、それは本当に幸いでございました」と笑みを見せるが、その微笑みには憂いが含まれ、女心に強く刺さる。お美羽は胸が高鳴ってきた。

「奥座敷で寝ていた父と母が早々に気付き、大声で店の者を起こしましたので、塀の方から火が回る頃には、皆が起きて水汲みに走っておりました」

　土蔵の壁のおかげだけではなく、人の動きが早かったので、半焼で済んだのだ。大倉屋は、相当しっかりした店なのだろう。

「表の店と裏の住まいとの間には中庭がありまして、その隅に廊下が通っております。真っ先に駆け付けた火消の方々が、その廊下を叩き壊してくれました。おかげで、廊下を伝って火が表に回らずに済んだのです」

　なるほど、中庭が火除けになったおかげで救われた、ということもあるのか。

「蔵も無事だったのですが、住まいはほとんど焼けてしまいまして。実は父は昨年から病がちで臥せっており、今度も気付くのが遅れたら、間違いなく焼け死んでいるところでございました」

「まあ、そうだったのですか。それでは、お父様は……」

「はい、押上に小さいながら寮がございますので、そちらに移りました。手代や小僧も、急遽近所の長屋を店の方で借りまして、何人かはそちらに」

「いろいろと大変ですねえ。お母様も、寮の方に？」

「いえ、母は店に残りまして、切り盛りをしております」

なるほど、当主が病では母子で店を守っていかねばならない。そこへ火事という災難だ。勝太郎の表情に浮かぶ憂いは、その重圧のせいだろうか。

「蔵も店も無事だったなら、商いへの差し障りは少なくて済んだわけですな。それもまた幸い、何かのご加護がありましたんでしょうな」

欽兵衛が言うと、勝太郎はぴくっと眉を動かした。

「あ、はい……それなのですが、恒徳様という仏師の作られた地蔵菩薩がございまして。火除けに霊験あらたかと聞き、母が求めましたもので」

欽兵衛とお美羽は、同時に目を瞬いた。

「恒徳様の地蔵菩薩の噂は、私どもも聞き及んでおります。この長屋には……」

「はい、存じております。恒徳様のお弟子がいらっしゃるのですね」

青木から聞いたのだろうか。勝太郎は仙之介のことを知っているらしい。

「ご存知でしたか。それにしましても、やはり恒徳様の地蔵菩薩は効き目があるのですなあ」

欽兵衛はやたらと感心している。仙之介に三年待ちと言われて諦めたのが、今も残念でならないようだ。ところが、勝太郎の表情は何か複雑に見えた。

「あの……何かご心配事がございますのでしょうか」

不躾とは思ったが、気になったお美羽は聞いてみた。勝太郎は少し俯いたものの、小さく溜息をついてから、口を開いた。

「表沙汰にはいたしておりませんが、大事なお客様からご注文いただいておりました御衣裳が燃えてしまったのです。間違いがあってはと、奥座敷の方に置いて手入れをしておりましたのですが、それが仇になりました」

「まあ、それはお気の毒なことです」

勝太郎の顔色からすると、余程の上客のものだろう。

「あの、お差支えなければどちらからのご注文か……」

つい知りたがりの気が逸って、欽兵衛から「これっ」と袖を引かれた。真っ赤になって口を閉じたが、勝太郎は答えてくれた。

「下野大平一万七千石、尼木右衛門尉様でございます。ご息女の御婚礼衣裳のご注文をいただき、最も信の置ける職人に作らせておりましたもので」

「えっ、御大名のお姫様の御衣裳だったのですか」

お美羽も欽兵衛も驚きを隠せなかった。大名家の婚礼衣裳が焼失したとなれば、大失態だ。店の信用にも大きく傷が付く。

「はい。何とか代わりをすぐにご用意するよう、番頭が走り回っておりますが、既に火事のことは尼木様のお耳に入っておりますので、ご不興を買うのは必定です」

尼木家とすれば、婚礼衣裳が燃えるなど縁起でもない、何をやっているのだ、と怒るのは当然だろう。衣裳のために婚礼の期日を変えるわけにはいかないだろうから、尼木家の重役たちも気を揉んでいるに違いない。しかし、そんな大事なものが店にあるときに火が出るとは、果たして偶然だろうか……。

「勝太郎さん、失礼を承知で申し上げるのですが、北町の青木様から、付け火の疑いが濃いと承っております。それにつきましては、如何お考えでしょうか」

横で欽兵衛が、目を剝いた。また何を言い出すのだ、とばかりに青ざめる。だが、勝太郎の方が逆に身を乗り出した。

「はい。今日こちらにお伺いしたのは、まさにそのことなのです」

そうだったのか。お美羽は得心した。今まで縁のない大倉屋の若旦那が突然訪ねてきて火事のことを詳しく話したのは、青木に長屋の付け火のことを聞いたからだ。

「では、先日のうちの付け火について、ご存知なのですね」

「はい。紐を使って距離を確かめた様子があるなど、こちらでの付け火と手口がそっくりだ、と青木様から伺いました。詳しいことはお美羽さんに聞けばよい、とのことで」

言ってから勝太郎は、もじもじと俯いた。そんな用事で若い娘のところに来たのが、気恥ずかしい様子だ。お美羽も少し照れる。

「わかりました。うちの裏手の塀に火が付けられたのは、六日前の夜中のことです」

お美羽は、そのときの様子と、翌朝喜十郎や山際と塀の裏を調べた結果を、全て勝太郎に話した。聞き終えた勝太郎は驚き、感心したようにお美羽を見た。

「お美羽さん、すごいですね。いろいろなことを、とてもよく見ておられます」

「いえ、そんな。おかしな事にすぐ首を突っ込んで、出しゃばりだの跳ねっ返りだの、さんざんに言われてまして……」

しまった、また余計なことを言ってしまった。真っ赤になって勝太郎の顔を窺うと、明るい微笑みが返ってきた。

「とんでもない。立派なことだと思います」

「あ、はあ、お恥ずかしい次第です」

お美羽はほっとして、再び俯いた。勝太郎はそこで真顔に戻った。

「恒徳さんのお弟子の仙之介さんを狙っての付け火、と思われるのですね」

「はい。今のところ、他に心当たりもなく。でも、うちと大倉屋さんとの間には、何の繋がりもありませんね」

「そうですね。強いて言うなら、恒徳様でしょうか。しかし地蔵菩薩とお弟子というのでは、違い過ぎるように思えますし」

勝太郎はしばし首を捻っていたが、やがて腹を決めたようにお美羽に向かって手を突いた。

「お美羽さん、今までのお話で、青木様の言われた通り、大層心利いたお方、と拝察いたしました。如何でしょう、何故(なにゆえ)の付け火であったのか、明らかにすることにお力添えを願えませんでしょうか」

これにはお美羽以上に欽兵衛が面喰らったようだ。

「あの、若旦那が付け火についてお調べに？　それにうちのお美羽の手を借りたいと、こうおっしゃいますので」

「はい。店は母が取り仕切ります。私は独り身ですし、融通が利きますので、大倉屋の信用を取り戻すには、お役人にお任せするだけでなく、何故このようなことに至ったかを突き止めることが大事と存じまして。母からもそのように言いつかっております」

勝太郎は、背筋を伸ばして言い切った。店のため両親のため、何としても真相を、という決意がその姿勢に表れているようだ。お美羽は、胸がきゅんとなった。

「わ、わかりました、私のような者でよければ、微力ながらお手伝いさせていただきます」

欽兵衛に口を出す暇を与えず、お美羽はきっぱりと言って頭を下げた。勝太郎の顔が、晴れやかに輝いた。

「ありがとうございます。どうかよろしくお願いいたします」

「はい、こちらこそ。何卒よろしくお願い申し上げます」

お美羽は勝太郎の笑顔に引き込まれ、はにかみながら言った。

「いやあ、まいったね。大倉屋さんからあんなことを頼まれるとは」

勝太郎が帰った後、欽兵衛は困惑したように、しきりに首を振った。

「渡りに舟じゃないの。うちだって、付け火のことをこのままにしてはおけないでしょう」

「だからそういうことは、喜十郎親分や青木様に任せろと何度も言っているのに」

「咎人（とがにん）を捕らえるだけじゃ済まないって、大倉屋さんは思ってるのよ。私も同じ」

やれやれ、と欽兵衛は嘆息する。

「洒落（しゃれ）じゃないが、大倉屋の若旦那に火を付けられるとは思わなかったよ」

いささか不謹慎な冗談を口にしてから、ふと思いついたというように、欽兵衛はお美羽の方を向いた。

「さっき若旦那は、独り身だと言っていたね」

「ええ、そうね」

「お前のことを、青木様に聞いたとも」

「そうだけど、それがどうしたの」

ふむ、と欽兵衛は顎を撫でた。

「いや、正月前に青木様がうちに来たとき、お前の良縁を探しておくと言っていたのを思い出して、ね」

「えっ、ちょっと、お父っつぁんたら、何考えてるの」

お美羽は大慌てで、手をぶんぶん振った。

「向こうはただ、頭を使うのに手を貸してって言って来ただけなのに」

「いやいや、これは確かに良縁に違いないよ」

珍しく深読みをした欽兵衛は、一人で満足しているようだ。お美羽は呆れたが、ついつい本当にそうならと上気してしまい、自分で自分をひっぱたきたくなった。


その翌日のことである。届け物に出ていた栄吉が、帰ってくるなりお美羽を呼んだ。

「お美羽さん、いるかい。ちょっとこいつを見てくれ」

呼ばわる声に縁先に出たお美羽は、栄吉が手に持っているものを見て、おやと思った。

「それ、読売ね。何が載ってるの」

「聞くより読んだ方が早いぜ。ほれ」

栄吉が差し出す読売を手に取り、ざっと目を走らせた。そして、眉をひそめた。

「何これ。大倉屋さんのことじゃない」

「そうなんだよ。昨日、大倉屋の若旦那が来てたそうじゃねえか。あっちもやっぱり付け火で、うちの長屋の付け火と関わりがあるのかい」

「その疑いがあるのは確かだけど……この書きよう、ずいぶん酷いね」

お美羽は腹立たしくなって、読売をぱたぱた振った。そこには、尼木家の婚礼衣裳が焼失したことが暴露され、それが大倉屋の失態であるように書かれていた。さらに、恒徳の地蔵菩薩があったことにも触れ、地蔵菩薩の御利益も効かないほど罪深いことをしているのでは、と匂わせるような書き方までしていた。

「わざわざ大倉屋さんを貶める（おとし）ような書き方じゃない。どういうつもりなんだろう」

「さあなァ。読売なんて、噂を煽るのが商売みてえなもんだろ。大倉屋はそれなりに知られた大店だから、恰好のネタだと思って尾鰭を付けたんじゃねえのかい」

売らんかなの勝手な思惑で、悪者にされたのでは大倉屋が気の毒だ。お美羽は読売を叩きながら栄吉に言った。

「栄吉さん、これ借りていい？　大倉屋さんに行ってくる」

「えっ、そりゃあいいが、行ってどうするんだい」

「放っといたんじゃ、大倉屋さんが潰されちゃう。何とかしなきゃ」

言うなり、お美羽は読売を右手に摑んで、さっさと歩き出した。後ろから、何とかって何する気なんだ、と呼びかける栄吉の声が聞こえたが、それには答えなかった。何をする、というはっきりした当てがあるわけではない。ただ、勝太郎のためにも付け火の真相を暴き、大倉屋の信用を取り戻してあげないと、という思いが、強く湧き上がっていた。

両国橋を渡り、神田川沿いの柳原（やなぎわら）通りを歩いて豊島町が近付いたところで、前から勝太郎が小走りにやって来るのが見えた。これはちょうどいい。

「勝太郎さん」

声をかけると、ほぼ同時に向こうもお美羽に気付いたようだ。

「ああ、お美羽さん。今、そちらに伺おうとしていたところです」

勝太郎の表情は硬い。手には、読売らしきものを握っていた。

「もしかして、これのお話ですか」

お美羽が持ってきた読売を示すと、勝太郎も自分の読売を広げてみせた。

「はい、もうお読みでしたか。まったく、こんな話を広められたら、堪ったものではありません。どうしてこんなことをするのか……」

勝太郎は、憤りと困惑が綯い交ぜになった表情で、荒い息をついている。お美羽は周りを見やった。柳原通りはいつも人通りが多い。往来の真ん中で若旦那と二人で喋っていては、これまたどんな噂が立つかわからない。

「あの、立ち話ではなんですから、あちらへ……」

娘の側から茶店を指差され、勝太郎はぎょっとした顔になった。

「あ、こ、これは気が付きませんで」

勝太郎は赤くなってお美羽の先に立ち、茶店に入った。思ったより初心な人みたい、とお美羽は微笑んだ。

奥の板敷きに向き合って座り、茶と饅頭を頼んでから二人は読売を広げた。

「尼木様の御衣裳については、口外しないよう店の者に母からきつく言いつけておりましたのに、どこから漏れたのでしょう」

勝太郎は口惜しそうに言った。店の者がうっかり漏らしたとすれば、そのままにしておくわけにはゆくまい。

「尼木様からご注文を受けたというのは、お店の人たちは皆、ご存知なんですか」

「はい。尼木様には先代からご贔屓にしていただいておりますので、婚礼の御衣裳のお話があったときは、店を挙げてお祝い申し上げたくらいで」

「そうですか……では、お店の外では」

「は？　いえ、尼木様のことに限らず、お客様のご注文について、殊更に吹聴するようなことはいたしておりません」

それは店として当然だろう。だが、誰も知らないということもないのでは。重ねて聞くと、勝太郎は考え込んでから言った。

「尼木様のご注文を争ったお店があります。西島屋さんという店ですが、ご存知ですか」

「ああ、確か須田町の呉服屋さんですね」

西島屋は大倉屋と同じくらいの大店で、大倉屋から柳原通りを西に七町ほど行ったところに店を構えている。お美羽は客として行ったことはなく、名前を知る程度だ。

「その西島屋さんとは、こう言うとなんですが、商売敵、といったような……」

勝太郎は困ったように眉を下げた。はっきり言い過ぎたか。お美羽は汗が出そうになった。

「有り体に言ってしまえば、そうですね。今までに、お客様を奪い合ったこともあると、母から聞いております」

勝太郎は苦笑と共に言った。お美羽は、言葉を選びながら聞いた。

「その西島屋さんは、何かこう、強面の……いえその、えげつない……あー違った、強引……と言うか何と言うか、そんな商いをなさるようなお方なのでしょうか」

「お美羽さん、面白いですね」

勝太郎は噴き出した。

「おっしゃりたいことはわかります。そうですね、西島屋さんは強気の商いをされる方ですが、このように読売を使ってまで妙な噂を流すかと言うと……ちょっと何とも」

「そう……ですか」

西島屋がどれほど信用できるのかはお美羽にはわからないので、それ以上は言わないことにした。

「あの、お美羽さん、この読売に話を流した者が、付け火に関わっているとお考えですか」

勝太郎に改めて尋ねられ、お美羽は口籠もった。今やるべきなのは、付け火の真相を探ることで、読売にネタを流したのが誰かを見つけ出すことではない。少々先走ってしまった。

「ああ、はい。関わりが少しでもありそうなことは、一つずつ、押さえて行こうと」

曖昧に答えてから、思い出した。お美羽はまだ、大倉屋が付け火をされた場所を見ていない。

「あの、よろしいでしょうか。せっかくこちらまで参りましたので、付け火されたところを見せていただいても……」

「え、あの焼け跡をこれから、ですか」

それは考えていなかった、というように勝太郎は首を傾げた。

「わかりました。お美羽さんがおっしゃるなら、ちょっと聞いてきます。お待ちを」

勝太郎はお美羽を残して立ち上がり、急ぎ足で出て行った。店に都合を聞きに行ったのだろう。商いはまだ休んでいるし、邪魔にはならないはずだが、几帳面なんだなあ、とお美羽は思った。


勝太郎は、お茶をもう一杯飲むうちに戻った。待たせてはいけないと走ってきたのか、息が荒い。お美羽は申し訳なく思った。

「お待たせしました。ご案内します」

お美羽は勝太郎に従って茶店を出、大倉屋の手前で路地に折れた。店の前では、通り過ぎざまに足を止め、大倉屋を指差して何やら話し合っている人たちが何人も目に付いた。読売を読んで、噂をし合っているのだろうか。お美羽は嫌な気分になった。

　路地から店の裏へ回るとすぐ、建物の焼け落ちた裏半分が目に飛び込んできた。燃え残った柱の真っ黒な姿が、痛々しい。店の裏は少しばかり空き地になっていて、反対側の元誓願寺（もとせいがんじ）前の通りに面した乾物屋の裏側が、その先にある。この僅かな空き地のおかげで、店への延焼は避けられたようだ。入舟長屋のときと同じく、風がなかったのも幸いしたのだろう。

「この辺に、火を付けられたようなのです」

　勝太郎が指すのは、大倉屋の裏の板塀があったところだ。塀は両端を残し、真ん中がすっかり燃えてなくなっている。塀の内側は真ん中が奥座敷、両側が土蔵で、土蔵の白漆喰は煤（すす）で黒ずんでいるが、延焼を止めるのに充分役立ったようだ。土蔵の向こうには、細い通りを挟んで細川長門守（ほそかわながとのかみ）様の屋敷の土塀があり、飛び火することもなかったのだ。

「土蔵や土塀、空き地があって、救われたのですね」

「はい。それは有難かったです。町家がぎっしり建て込んでいる一角とは様子が違うので、油断していたところもありますが」

勝太郎が反省するように言った。お美羽は塀のあった真ん中辺りと、両端を仔細に見た。

「青木様から、下生えに紐が落ちていたと聞きましたが」

「はい、ここです」

勝太郎が地面を指した。空き地の端、路地裏に出るすぐ手前だ。付け火をして逃げるとき、手から取り落としたものだろうか。放っておいても構うまいと捨てて行ったのだろうか。

お美羽は大倉屋の裏に目を戻した。

「火事の晩は、晴れていたのでしたっけ」

「はい。昼過ぎまでは雨だったのですが、その後は晴れて月も出ました。何日も晴れが続いていたら、木も乾いていてもっと早く燃えたでしょう。それもまた、幸いでしたね」

「そうですか、月も出て……」

お美羽は土蔵にじっと目を注いだ。

「ここから見ると、晴れた夜空に土蔵の黒い影が浮かぶでしょうね」

「は？　はい、そう思いますが」

「紐を使う必要なんて、あったんでしょうか……」

お美羽は、思い付いたことをぼそりと言った。勝太郎は、何を言われたのかわからなかったようだ。怪訝な顔で、お美羽を見つめている。

火が付けられたのは、二つの土蔵に挟まれた真ん中辺りだった。土蔵の影がわかったなら、見ただけでも位置の見当はついたはずだ。なのにわざわざ手間をかけて、紐で測るとは。どうしても正確にその位置に火を付けなくてはいけない理由があったのだろうか。お美羽は焼け跡を睨みながら考えを巡らせたが、何も浮かんでは来なかった。

## 四

明くる日、お美羽は喜十郎の家に出かけて、読売を目の前に出した。

「何だい、昨日の読売か。俺も見たぜ」

喜十郎は吸っていた煙管(キセル)を口から離して読売を一瞥し、それがどうしたと言うようにお美羽を見た。

「これって、酷いと思いませんか。まるで大倉屋さんを潰そうとしてるみたい」

喜十郎は顔を顰める。

「なこと言われても、読売が何を書こうが俺たちの出る幕じゃねえや。嘘偽りで世の中を騒がせた、って御上が断じたなら別だが、それほどのもんじゃねえだろう」

「そりゃまあ、そうかもしれませんけど」

「俺にどうしろってんだ。読売屋にネタを流したのが、付け火をやった奴だとでも言いてえのか」

だったら話は早いのだが、お美羽もそこまで単純に考えているわけではない。

「そこまでは言いませんけど。親分、須田町の西島屋を知ってますか」

「西島屋？　呉服屋のか。知っちゃあいるが、藪から棒に何でぇ」

「読売屋を焚きつけて、大倉屋さんの足を引っ張ってるのが西島屋さんじゃないか、なんて思ったんです」

「あァ？　商売敵を陥れてるって言うのか。それこそ読売が書きそうな話じゃねえか」

鋭い切り返しだ。お美羽はひるまずに言った。

「評判だけでも教えて下さいな。西島屋さんて、そんなことしそうですか」

喜十郎はいまいましそうな顔で煙草の煙を吐き出したが、答えてはくれた。

「正直に言っちまうと、しそうだな。西島屋の商いは、時々なり振り構わねえようなところがあるそうだ。儲け話にはすぐ食らいつく。大名貸しなんかもやってるぜ」

金詰まりの大名家に金を貸している大店は多い。利子の儲けは大きく、普通の店よりは潰れ難いので、巨額を貸し込んでいる場合もある。ただし、踏み倒された場合の取り立てはまず無理だ。西島屋は、多少の危険はあっても大きな利を追う商売をしているらしい。

「大倉屋と西島屋の間に、何かあるのか」

少し興味を覚えたのか、喜十郎の方から尋ねた。お美羽は、勝太郎から聞いた話を披露した。

「ふうん、尼木家でかち合ったか」

思案するように、喜十郎は煙草をふかした。

「そんなら、西島屋がしっぺ返しか、注文を横取りする気かで、読売屋を煽ったってのはあるかもしれねえな」

喜十郎は読売を取り上げ、発行元の印を見た。

「両国の真泉堂か。あそこも、金次第で動くって噂があるな。いい組み合わせだぜ」

「じゃあ親分、西島屋を突っついてくれませんか」

喜十郎は忽ち不機嫌な顔になった。

「馬鹿言え。西島屋が付け火に絡んでる証しが出たとでも言うならともかく、読売にネタを流したかもしれねえってだけで、調べになんぞ行けるか」

にべもない。お美羽は膨れっ面をしかけたが、喜十郎の言うのももっともだった。

「ちょっかいを出してえってんなら、勝手にやんな。一人じゃ嫌なら、山際の旦那にでも頼みゃいいだろう。その上で何か出てくりゃ、動かねえでもねえぜ」

なあんだ。私を動かしておいて、手柄にできそうなものが出て来たら、乗っかろうってつもりなのね。相変わらずだわ。お美羽は苦笑して、南六間堀を後にした。

手習いを教えている山際が、子供たちを見送って戻ってきたところを摑まえた。早速事情を話してみたが、山際は気乗りがしないようだ。

「西島屋に出向いて、何をしようというんだ」

「何をと言うか……ちょっと様子を見に。大倉屋さんの火事をどう思っているか、とか」

「ずいぶん漠然としているな。まあ、行くと言うなら付き合わんでもない」

お美羽に引っ張られるような恰好で、山際は一緒に出かけた。

「大倉屋の勝太郎とは、どんな男だ」

歩きながら、山際が尋ねた。お美羽は、びくっとした。山際から勝太郎のことを聞かれて、つい身構えてしまう自分が可笑しい。山際が自分に格別の思いを持ったことなどないとは、承知しているのに。改めてそれを考えると、ちょっと切なくなった。

「見場も心根も、いい人のようですよ。今はお店の信用を取り戻そうと、一生懸命です」

「そういうことなら、力になるのは吝かではないが」

山際の顔に、うっすら笑みが浮かんだ。どうやら、お美羽が勝太郎をどう思っているか、見透かされたらしい。お美羽は顔が火照りそうになり、慌てて咳払いした。

西島屋の店は、間口が十五間ほど。大きさも構えも、意識したのかどうか、大倉屋とよく似ている。中では反物が幾つも広げられ、数組の客が手代らと商談をしていた。そこそこ流行ってはいるようだ。

「いらっしゃいませ。どうぞこちらへ」

お美羽と山際が暖簾を分けると早速、顔に愛想笑いを貼り付けた二十五、六と見える手代が寄ってきた。案内に従い、店先に上がって畳に座る。

「どういったものをお探しでしょう」

「初夏に向けた他所行きを、と思いまして」

「ありがとうございます。お色のお好みなど、ございますか」

お美羽は自分の薄青の着物の袖を、ちらりと示して山際に言った。

「これよりすこし明るめのものはどうかしら」

「お嬢様のお好みのままに」

山際がしかつめらしく応じた。どこかのお嬢様と付き添いの用心棒、という役柄を演じているようだ。お美羽は笑いがこみ上げるのをこらえ、手代に目を向ける。手代は心得顔で奥に入り、すぐに反物を三本ほど持って来た。

「こちらは手前どもで人気の納戸色（緑がかった青）。こちらはぐっと明るくなりまして、白花色（薄青の入った白色）。こちらは少し地味になりますが、底堅く売れておりますす桝花色（灰色がかった薄青）でございます。いずれもお似合いかと」

「これは団十郎か。お嬢様には少し地味ではござらぬか」

山際が桝花色を指して言った。山際の言う通り、市川団十郎が好んで使った色で、流行りとしては古いが根強い人気があり、色合いは渋めだ。

「そうねえ。でも、こちらの白花は花柄などを合わせたら明るすぎて、御上に睨まれそう」

奢侈を禁ずる倹約令は、しょっちゅう出されている。とは言え、あまり杓子定規に取り締まっても反発を買うので、役人、町人双方に阿吽の呼吸が求められた。手代がしたり顔に頷く。

「柄を抑えるなど、派手に見えないお仕立ては幾らでもできますので」

そこへ番頭らしい年嵩の男が顔を出した。

「お初のお越しでございますな。ありがとうございます」

番頭はお美羽たちを見込みある客と思ったか、丁寧に挨拶する。

「奢侈を避けるのはごもっともでございますが、倹約令は今年の七月が期限。それほどお気になさらずとも」

番頭の目付きは、妙に意味ありげだった。何か特に売り込みたいものでもあるのか。

「そうねえ」

お美羽は反物を手に取り、軽く溜息をついてみせる。

「大倉屋さんにはちょうどいいものがあったのだけれど、火事でお店を休まれてるし」

大倉屋の名を聞いた途端、番頭の眉が動いた。

「大倉屋さんでございますか。誠に災難でしたが……その、同業の方をこのように申しますのもなんですが、あちらはお止しになった方がよろしいかと」

おっと、食い付いたか。お美羽は内心をちらとも見せず、知らぬふりで聞いた。

「大倉屋さんに、何か」

「はい……大倉屋さんには今評判の火除けの地蔵菩薩がありましたのですが、その効能の甲斐もなく焼けてしまったのは、何か悪い行いでもあったのでは、と専らの噂でして」

真泉堂の読売に書かれたそのままだ。お美羽は黙って聞くことにした。

「それに、大事なお客様からご注文の御衣裳を、不注意で燃やしてしまったそうです。大きな声では言えませんが、旦那様が倒れられてから、あちらのお店ではいささか不都合が出ているのでは、と」

「まあ、そうですの。覚えておきますわ」

お美羽はしれっとして頷くと、もうしばらく反物を矯めつ眇めつしてから、少し考えてまた伺います、と言い置き、山際を促して店を出た。番頭と手代が、またお待ちしております、と丁重に二人を送り出した。

柳原通りを和泉橋の辺りまで進み、西島屋が見えなくなったところでお美羽が話しかけた。

「山際さんも、お芝居がなかなかですね」

「どうかな。お美羽さんのおかげで、近頃は慣れてきた」

山際は笑って頭を掻いた。

「しかしあの西島屋、明らかに大倉屋の足を引っ張ろうとしているな」

番頭の物言いは、ずいぶんとあからさまに大倉屋を貶めていた。きっと主人の差し金だろう。

「番頭が言った台詞は、読売そのままです。なのに、読売に書いてあったなどとは一言も言いませんでしたね」

「西島屋が読売をそそのかした、という見立て通りのようだな」

山際もお美羽の見方に賛同した。

「次はどうするつもりだ」

「やっぱり、読売屋を突(つつ)いてみたいですね」

ふむ、と山際が首を傾げる。

「しかし、商売柄ああいう連中は容易なことでは口を割らんぞ」

「ええ、それは承知してます。ちょっと手を考えてみます」

「欽兵衛さんに心配をかけない程度にしておけよ」

山際の口調には、姪を気遣う叔父のような響きがあった。

山際には手を考えてみると言ったものの、特に当てがあったわけではない。が、試しにと思うことはあった。

その翌日は、書の稽古に行く日だった。書を習うのは、良縁に向けた江戸の娘の嗜みで、お美羽も回向院裏の師匠のところに通っている。十二、三から十八、九の娘たちが十数人いるが、同年輩の者が次々嫁に行ったので、お美羽はいつの間にか最年長になっていた。自然に腕前も上達し、もはや師範代が務まるくらいなのだが、それだけ嫁にも行かず通い続けているということなので、喜ぶべきかどうか微妙なところだ。

いつものように、仲良しの太物商の娘、お千佳と金物商の娘、おたみに挟まれて座った。

「ねえお美羽さん、付け火をした人、まだ捕まらないの」

座るなり、おたみが声をかけてきた。お美羽は両の掌を上に向ける。

「まだ見込みなし。火を付けられたのはうちだけじゃないから、お役人も頑張ってくれてるみたいなんだけど」

「手当たり次第に火を付けてるんなら、怖い話よねえ」

おたみは丸い顔に皺を寄せ、身震いして見せた。

「読売で見たんだけど、神田豊島町の大倉屋さんも付け火なんでしょ。あんまりいい書きようはされてなかったみたいだけど」

反対側から、お千佳も言った。お美羽は頷いて、応じる。

「実はその大倉屋さんの若旦那さんがうちに来られて、手を貸してほしいって……」

「え、何？　若旦那って、勝太郎さんね。あの人が、お美羽さんに手を？　付け火について、調べてほしいって話なの？　すごいじゃない」

いきなりお千佳の目が輝いた。

「いや、すごいって……同じ奴の仕業かもしれないってことで、知恵を出し合おうというような……」

「お美羽さんが捕物に強いって聞いたからじゃない？　いいなあ、勝太郎さん、なかなか二枚目なんでしょう」

「私は十手持ちじゃないんだから。そんな大層なことはしないって。でも、お千佳ちゃん、勝太郎さんを知ってるの」

「直に話したことはないけど、顔は見たよ。二十三になるけどまだ独り身だから、狙ってる娘は多いかもね」

「へえ、そうなんだ」

おたみが肘でお美羽を小突いた。

「何でもないって顔しちゃって。これ、すっごい良縁じゃない。調べの手助けなんて口実でさ。美人で年恰好もちょうど釣り合うお美羽さんをめあわせようと、誰かが仕掛けて……」

「ちょっと、勝手に話を作らないで」

手の甲でおたみの腕をはたいたが、お美羽の頭に一瞬、青木の顔がよぎった。まじで欽兵衛の言った通りだったりするだろうか……。

そこでお美羽は首を振り、今日聞こうと思っていた本来の話に頭を戻した。前を向いて、絵草紙や錦絵の版元の娘、おみつに呼びかける。

「おみっちゃん、ちょっといい？」

十六のおみつは人の好さそうな福々しい顔を、こちらに向けた。

「なあに、お美羽さん」

「読売屋の真泉堂って、知ってる？」

「うん、名前だけ」

「あれ、お付き合いとかはないの」

「会ったこともないよ。商いが違うから。どうして？」

どっちも版を刷る仕事だから繋がりがあるか、と思ったが、そうそううまくはいかないようだ。ごめん、この前の読売が気になったんで、ちょっと聞いてみただけと言って、すぐ話を止めた。おたみがびっくりしたような顔をする。

「何の話なの、それ」

「うん、例の大倉屋さんについての読売の話なんだけど」

お美羽は、真泉堂と西島屋との関わりを知りたいという話をした。おたみはわかったようなわからないような顔をしていたが、お千佳の方が入り込んできた。

「西島屋さんなら、知ってるよ」

「え、そうなの」

思わず振り向いたが、確かに太物商と呉服商は近い。大倉屋を知っているなら、西島屋と知り合いであってもおかしくはない。

「ご主人て、どんな人」

「作右衛門さんね。うーん、やり手だとは聞いてるけど、評判はあんまり良くないみたい。ちょっと強引だって聞いたことはある」

「強引、ねえ」

やはり、喜十郎が言っていた通りのようだ。

「それに、これはあくまで噂だけど、この頃商いの方がおかしいんじゃないかって」

「えっ、どういうこと」

お千佳は顔を近付け、声をひそめた。

「頼んで掛売りを現金にしてもらった取引相手が、幾つかあるらしいの」

「もしかして、手元の現金が足りなくなってるってこと？」

「これも証しのない噂だけど、焦げ付きを出したのかもって、お父っつぁんが番頭さんと話してるのが聞こえたの」

　貸し倒れ、か。喜十郎が、西島屋は大名貸しに手を出してる、と言っていたのを思い出した。

「お千佳ちゃん、詳しいね」

「うん。西島屋さん、うちのすぐ近所の幸竹(ゆきたけ)って料理屋さんが贔屓で、商談とか内緒の話のお客さんをよく連れて来るらしいの。幸竹の娘の多香(たか)ちゃん、幼馴染だから」

　お美羽は手を叩きそうになった。やっぱり、聞いてみるものだ。

「そのお多香ちゃんと、会えないかな」

　翌日お美羽は、お多香を連れたお千佳と回向院前の菓子屋で待ち合わせた。

「ごめんなさいね、いきなり呼び出したりして」

　お美羽は、ちょっと困惑気味のお多香に詫びを言った。

「いえ、お美羽さんの噂は聞いてますから。初めまして」

　お美羽より頭一つ小さいお多香が、ぴょこんと頭を下げた。お千佳と同じ十七のはずだが、そばかすの散った童顔は十四くらいに見える。

「取り敢えず、お饅頭食べながら、ってことで」

三人は菓子屋の奥の土間に並べられた長床几（ながしょうぎ）に座り、楊枝の添えられた饅頭に目を細めた。年頃の娘にとっては、やはりこれが一番だ。

一口一口味わいながら、お美羽はごく簡単に西島屋と真泉堂を追う事情を話した。お多香は、目を丸くしている。

「どうしてお美羽さんがそこまで……」

お千佳がお多香の袖を引き、こそこそと耳打ちした。お多香の顔が、ほんのり赤くなる。

「まあ、あの勝太郎さん……」

お多香は得心がいきました、とばかりに笑って頷いた。お千佳ったら、どういう風に吹き込んだんだろう。

「それで」

お多香は目立たないよう、十間ばかり先の向かい側にある店を指差した。軒に吊るされた看板には墨黒々、「真泉堂」と書かれている。

「あそこの旦那さんが、西島屋さんとうちの店で会っていたかどうか、知りたいんですね」

「そうなの。無理なお願いしちゃって、悪い」

「ええ、本当はお客さんのこと、外に言っちゃいけないんですけど」

お多香は饅頭に目を落としてから言った。

「お千佳ちゃんの頼みですから。でも、お座敷まで覗いたわけじゃないので、同じ晩に来られてたかどうか、ぐらいしか」

「充分よ、それで」

お美羽が言ったとき、真泉堂の暖簾が動いて、羽織姿の中年の男が出てきた。店の者が、腰を折って送り出している。お美羽は二つ目の饅頭に伸ばした手を止め、お多香を見た。お多香はその男をじっと目で追ったが、前を通り過ぎるのを待たずに目を逸らした。違ったようだ。

「見たことない人ですね」

ただの客だったのだろう。お美羽たちは、そのまま待った。

半刻近く経ち、どこかの旦那風の男が四人ばかり真泉堂を出入りしたが、いずれも主人ではなかった。

「どうしよう。長居し過ぎるのも拙いし、お饅頭、追加で頼む？」

お千佳が小声で言った。明らかに饅頭の方に気持ちが向いている。が、いいよと答える前にお多香が両国橋の方角を向いて、「あ」と小さく呟いた。お美羽とお千佳も、さっとそちらを見る。茶色の羽織を着た四十くらいの眉の濃い男が、せかせかと歩いて来るところだった。

三人は、その男が菓子屋の前を過ぎ、真泉堂に入るまでじっと目を離さなかった。真泉堂では、男が暖簾に手をやったとき、中から手代らしいのが出て来て、きびきびと礼をした。お帰りなさいませ、と言ったように見える。お美羽とお千佳は、真泉堂に目を据えたままのお多香に、両側から声をかけた。

「どう、あれなの」

「見覚えある？」

お多香が、力強く頷いた。

「間違いない。あの人、西島屋さんと三度、うちに来てる。あんな風に眉が濃いし、一昨日も来てたから覚えてたの」

「えっ、一昨日の晩もなの?」

「そうよ。ついでに言うと、西島屋さんがあの人をもてなしてたんじゃないかと思う。西島屋さんの方が見送りに出てたのよ」

お見事。上出来だ。お美羽はお多香の手を取って振り、ありがとうと繰り返した。お多香は、気圧されたように目を瞬いた。


早速、お美羽はお多香のおかげでわかったことを、喜十郎に話しに行った。だが、喜十郎はお美羽が意気込むほどには乗ってこない。

「真泉堂と西島屋が料理屋で会ってたようだ、ってのはわかった。だからって、西島屋が読売にあんなことを書かせたって証しにまでは、ならねえだろう」

「でも、読売屋さんと呉服屋さんが会う用事なんて、他にありますか」

「そんなもん、何とでも作れるさ。幼馴染に久方ぶりに会った、てな話でもいいわけだからな。百歩譲って西島屋の仕掛けだとしても、読売屋にネタを押し込んだだけでふん縛れると思うか」

喜十郎の腰は重い。お美羽は少し頭を捻って、筋書きを考えた。

「西島屋さん、大名貸しで焦げ付きを出したって噂があるそうですよ」

喜十郎の眉が、少しだけ動いた。

「西島屋さんがもし潰れそうなほど危なくなってるとしたら、尼木様の婚礼のお仕事、何としても欲しかったのでは」

喜十郎が、腕組みしてじろりとお美羽を睨む。

「西島屋が、付け火をしてまで仕事を奪い取らにゃならねえほど、切羽詰まってると言いてえのか」

「まさかとは思いますが、調べる値打ちはあるんじゃないですか」

「調べるったってあんた……」

「西島屋さんを見張れば、何かしら動きがあると思いますけど」

喜十郎は突き放そうとしかけたが、思い直したらしく、火鉢に肘をついて思案顔になった。そのまま二呼吸ほど待つと、喜十郎は舌打ちして言った。

「そこまで言うんなら仕方ねえ。寛次を貸してやる。あいつに西島屋を見張らせろ。何か見つかったら、すぐ俺に言え」

「ありがとうございます！　さすがは深川中に聞こえた喜十郎親分」

喜十郎は、からかってんのか、とばかりに手を振り、お美羽を追い払った。

寛次は、翌朝から西島屋の見張りに付いた。夜中は必要ないにしても、交代なしに朝から日暮れまで見張るのは大変だ。お美羽は寛次に小遣い銭を渡した。

「勝手なこと頼んじゃって悪いけど、お願いね。時々、代わるから」

「こいつはどうも。親分からも言われてやすんで、ご心配なく。で、何日くらい見張りやすか」

こちらの考え通りなら、西島屋はできるだけ早く尼木家への働きかけをするはずだ。読売が出たのが四日前。三日前の夜は、そのお礼に西島屋が真泉堂を接待したのだろう。とすれば、動くのはこの数日のうち。もう既に動いているかもしれない。

「長くても三、四日で済むと思う」

「ま、それくらいなら。一つ任せてもらいやしょう」

寛次は請け合うように胸を叩き、柳原通りから一歩入った物陰に居場所を定めた。

お美羽は手で拝む仕草をして、北森下町へ引き返した。

お美羽が思ったより、動きは急だった。その日、暮六ツ（午後六時）を少し過ぎた頃、台所で夕餉の用意をしかけていたお美羽の耳に、寛次の声が飛び込んできた。

「お美羽さん、お美羽さん、あっしです」

急いで縁先に出ると、大急ぎで走って来たらしい寛次が、肩を上下させている。

「西島屋が、湯島の料理屋に入りやした。どうも、御身分のあるお武家と一緒のようです」

大当たり、とお美羽は拳で掌を打った。見張りが間に合って良かった。

「お父っつぁん、ちょっと出てきます」

振り向きざまに呼びかける。欽兵衛は、驚いて立ち上がった。

「出かけるって、もう暗いのに」

「例の付け火に関わることなの。急がないと」

「若い娘が、危ないじゃないか。せめて山際さんを呼びなさい」

「わかった。ついでに、お父っつぁんの夕餉は半分できてるから、後は千江さんに頼んどくね」

それだけ言ってお美羽は草鞋（わらじ）をつっかけると、寛次と一緒に山際を呼びに向かった。後ろで欽兵衛が、呆れたように溜息をつく気配がした。

山際も千江も、お美羽の急な頼みにすぐ応じてくれた。

「済みません、夕餉の最中だったのに」

「いや、もう食べ終えたところだ。それで寛次、そのお武家は何者かわからないのか」

「立派な乗物で来てまして、提灯に家紋が入ってたようですが、知らせを急ぎやしたんでまだ確かめてやせん」

「あ、それなら」

お美羽は急ぎ足で両国橋を渡り、二人を急かして豊島町へ向かった。どのみち、湯島へ行くなら通り道だ。

大倉屋の店先は、暗がりに沈んでいた。表から見ると、半分焼けたようには全然見えないので、何だか妙な感じだ。お美羽は潜り戸を叩いた。

「はいはい、何でしょう」

店に残っていた手代が顔を出した。お美羽はすぐ名乗り、勝太郎を呼び出してもらった。

「ああ、お美羽さん。何事でございましょう」

思ったより待たされた後、惑い顔の勝太郎が現れた。お美羽は手早く山際と寛次を紹介し、成り行きを話した。勝太郎の目が見開かれる。

「何と、そんなことまでしていただいていたのですか」

「済みませんが、これから湯島へ行って、相手のお武家様の面通しをお願いしたいのです」

「わかりました。ちょ、ちょっとお待ちを」

すぐに飛び出すかと思いきや、勝太郎は一旦中に戻って、改めて出てきた。待たされたのはほんの少しだが、一刻を争っている今は、ずいぶん長く感じられた。

「お待たせしました。まいりましょう」

勝太郎は潜り戸の前に立って三人に頷いた。さっきより顔がぐっと引き締まっている。それを見て、お美羽は少し胸が熱くなった。

寛次が案内した料理屋は、昌平坂(しょうへいざか)学問所の少し先で、大倉屋から十二、三町あるが、西島屋からなら四、五町の近さである。着いた時には五ツ（午後八時）近くになっていたが、幸い西島屋も相手方も、帰った様子はなかった。

「あ、ここは一、二度使ったことがあります。鶴峰（つるみね）というお店ですね」

勝太郎が店構えを見て言った。

「お武家の乗り物は、見えませんね。裏手で待っているのでしょう」

「では、私たちも待つしかないな。もうそれほど長居はしないだろう」

山際が言い、一同は向かいの木の陰に入った。鶴峰の表に掲げた提灯の光はそこまで届かないので、見咎められることはあるまい。

山際が言った通り、さほど待つことはなかった。表口がざわざわし始めた、と思ったとき、先の角を曲がった暗がりから、中間（ちゅうげん）二人に担がれた乗物が現れた。件（くだん）のお武家を乗せて帰るのだ。お美羽たちは、息を潜めた。

乗物が小粋な造りの門の前に横付けになると、店の表口に人影が幾つも現れた。芸者も四人ほど交じっている。供侍らしいのが、前に立った。その後ろ、人々の真ん中にいるのが今夜の客であるお武家に相違ない。

乗物に乗り込む直前、提灯の灯りでお武家の顔が見えた。同時に、供侍が掲げた提灯の家紋も、はっきり見えた。お美羽の脇で、勝太郎が小さな声を漏らした。

中間が乗物を担ぐと、表口の面々が丁重に頭を下げ、見送った。女将らしい中年の女の隣に、羽織姿の五十近いと見える痩せた商人風の男がいる。西島屋作右衛門と見受けられた。寛次に目で問うと、間違いないという頷きが返って来た。

乗物が昌平坂の方へ去ると、表口に並んでいた西島屋と芸者衆は、再び奥に入った。もう一度飲み直そうというのか。お美羽は皆の姿が消えてから、勝太郎に尋ねた。

「ご存知の方ですか」

勝太郎は、すぐに返事をした。声が強張っている。

「はい。尼木家江戸御留守居役、下村内膳様に相違ありません」

やはり、とお美羽は嘆息した。

「下村様が、婚礼の御衣裳をご注文なすったのですか」

「正しくは、御納戸役の方です。しかし、最後にお決めになるのは下村様です」

「では、西島屋さんが下村様を接待されていたということは……」

「疑いもなく、うちへのご注文を取り消して、西島屋さんにご注文し直してもらう算段ですね」

　勝太郎の声が、僅かながら震えていた。

## 五

　湯島から帰る道々、勝太郎はすっかり消沈していた。

「勝太郎さん、元気を出して下さい。西島屋の企みがわかったのですから、これから巻き返すこともできますよ」

　お美羽は何とか前向きにさせようとしたが、勝太郎はなかなか顔を上げない。

「尼木様がご注文を取り消されたら、それはうちの不始末のせい、となってしまいます。今まで様子を見ておられたお客様も、それを耳にしたら次々に大倉屋から離れていくでしょう。そうなったら、おしまいです」

「でも、御衣裳が燃えたのは付け火のせいですし」

「火の中から御衣裳を持ち出せなかったのは、私どもです。その責めを問われれば、返す言葉がございません」

「着物より、人の命の方が大事だ。どんな大事なものでも、着物を守るために怪我人を出したりすれば、注文主にとっても縁起が悪かろう。そう気に病むことはないと思うが」

山際が見かねたように言ったが、勝太郎は「呉服の商いをする以上、命に代えてもお客様のものをお守りする心構えを持たねばならない、と母から常々、言われております」などと呟き、肩を落としたままであった。

豊島町まで戻り、勝太郎は「今晩はお世話になりました」と力なく礼を述べて、店に入った。痛々しい姿に、お美羽は心配になった。

「勝太郎さん、大丈夫でしょうか。何か諦めきったような感じで」

「確かにずいぶん落ち込んでいるが、大倉屋には何十人も奉公人がいるのだろう。当主が寝込んでいるのなら、若旦那がしっかりするしかない。明日になれば、もう少ししゃんとするのではないかな」

山際が慰めるように言った。

「そうならいいんですけど」

それにしても、西島屋はひどい。付け火についてはわからないが、なりふり構わぬ手段で大倉屋のお客を横取りしようなんて。どうにかして、懲らしめることはできないだろうか。

「寛次さん、今夜のことを話せば、親分は動いてくれるかしら」

「え、そりゃつまり、西島屋をしょっぴけるかってことですかい」

お美羽は頷いたが、寛次は首を傾げた。

「そりゃあ、難しいんじゃねえかなあ。大倉屋の足を引っ張るのが即、御定法に触れるってわけじゃねえし。付け火の証しでも出りゃ一発だが、今のところはねえでしょう」

寛次の言うことは、喜十郎とあまり変わらない。落ち着いて考えれば何も間違ってはいなかった。お美羽は苛立って、小石を蹴った。

「西島屋に思い知らせてやりたいなら、別の切り口を考えるしかなかろう」

山際がふいに言ったので、お美羽ははっとして顔を向けた。

「何かお考えがあるんですか」

「いや、考えというほどではないが……」

懐手をした山際が、少し迷うような言い方をした。

「三日前、一緒に西島屋に行ったときの番頭の様子が、いささか気にかかってな」

言われてお美羽は、その時交わした言葉を思い返した。何か変なことがあっただろうか。

「奢侈がどうの、という話をしたのを覚えているか」

「ああ、私が、派手すぎる着物は良くないって……」

「番頭は、倹約令ももうすぐ期限なので、あまり気にするなと言った。はっきりとは言わないが、贅沢(ぜいたく)な品を求めたいなら相談に乗る、とか、そう匂わせるような感じがした」

「相談に乗る……ですか」

お美羽は記憶を手繰った。そう言われてみると、番頭にはおもねるような、誘いかけるような態度が見えていた気がする。すぐ話が変わったので、あの時は気にならなかったが。

「もしかして、表から見えないように贅沢品を扱っている、ということでしょうか」

「わからん。だが、叩けば埃が出るような気はする」

聞いていた寛次が、首を傾げた。

「そういう店は西島屋だけじゃねえでしょう。それに、一見（いちげん）の客に表に出せねえような品を見せるとも思えねえ」

寛次の言うのはもっともだ。が、山際はさらに考える仕草をして、言った。

「一見の客であっても誘い込まねばならないほど、台所が苦しくなっているとしたら、どうだ」

お美羽が山際を伴って再び西島屋を訪れたのは、二日後の昼であった。ただし、今回はもう一人、連れがいる。

「ああ、先日お越しになりましたお方ですね。どうぞこちらへ」

応対に出た手代は、お美羽の顔を覚えていた。顔一杯に愛想笑いを浮かべている。再訪したからには、買ってもらえると確信しているようだ。

「ささ、お付きの方もどうぞ」

手代は、お美羽が連れている女中も手招きし、畳に上げた。女中は「はい」と頷き、お美羽の脇に座って目配せする。お美羽が、「頼んだよ」と目で応じた。

女中に扮しているのは、お千佳である。昨日、この話を持ち込んだとき、お千佳は喜んで手を叩いた。

「西島屋さんに？　面白いじゃない。是非やらせて」

「危ないことはないはずだけど、喋るときは充分気を付けてね」

「うん。お美羽さんがお嬢様で、私はお付きの女中ってことね。着物はうちの奉公人のを借りるわ」

お千佳の家は奉公人が七人の店で、大店ではない。女衆は二人きりなので、お千佳の外出に付いて出るのは、改まった買い物や挨拶など、大きな用事の時だけだ。それでも、そういう時にお付きがどう振る舞うかぐらいは、お千佳も承知している。ボロを出すことはないだろう。

「でも、太物と呉服って、だいぶ違うんだけど」

「わかってるわよ。でも、お千佳ちゃんだって呉服を見る目はあるでしょう。少なくとも、私よりは」

呉服商が扱うのは絹織物、太物商が扱うのは普段着にする綿や麻で、客層も同じではない。それでも、同じ着物を扱う商売であり、互いの商品について無知、ということはない。西島屋に乗り込むには、どうしてもお千佳の目が必要だった。

「まあね。凄いきらびやかな着物が見られるなら、わくわくするなぁ」

そんな次第で女中になり切ったお千佳は、手代に向かって言った。

「お嬢様は、先日拝見した反物も良かったのですが、せっかくのことで、もう少し見場の工夫のあるものを、と思し召しです」

「奢侈が目立ってはとも思いまして、先日はそう言いましたが、倹約令も七月までという番頭さんのお言葉を、家に帰って考えてみました。確かにおっしゃる通りですね。気にし過ぎても始まりません」

お美羽はお千佳に合わせ、催促するように手代を見た。山際は後ろで、もっともらしい顔を作って無言で座っている。

「左様でございますか。そういたしますと……」

座を立って反物を取りに行こうとした手代の肩に、先日も会った番頭が手を置いて止めた。自分が応対する、ということのようだ。望み通りの成り行きだ、とお美羽は微笑んだ。

「またお越しをいただき、誠にありがとうございます」

番頭は畳に手を突いて改まった挨拶をした。上客と踏んだらしい。

「先日お目にかけましたものより、さらに上等のものを、というお望みでございますか」

「はい。そう思い直しまして。どんなものがあるかしら」

「かしこまりました。少々お待ちを」

番頭は奥へ入り、間もなく反物を三点ばかり抱えて戻った。

「このようなものは、如何でしょう」

江戸紫、銀鼠といった色味に、金魚、胡蝶、朝顔などの小紋があしらわれている。なかなかいいじゃない、と思ったが、ちらとお千佳を見た。お千佳の口が、微かに「地味」と動いた。もっと華やかなものを求めろ、ということだ。

「悪くはありませんが、せっかくですのでもっと華やいだものを」

少し高飛車に聞こえるよう意識して、言った。番頭の目が光ったような気がした。

「恐れ入りました。では、ちょっと奥で相談してまいります」

番頭が立って、また奥へ入った。さあ、ここからだ。お千佳の肩に力が入ったのがわかった。

番頭が戻るのに、前よりだいぶ時がかかった。お美羽はじりじりしているのを悟られないよう、落ち着いて店の中を見回した。客は他に一組、武家の婦人と女中がいるだけだ。今日は空いているな、と思ったとき、店の反対側の土間を、奥の方から歩いて出てくる客を見つけた。高価そうな身なりの若い娘と、女中。お美羽たちと似ている。どうしてあんなところから、と思っていると、その客に続いて年配の痩せた男が出てきた。顔を見て、お美羽はすぐ、店主の作右衛門だとわかった。直々に見送るなら、かなりの上客だろう。作右衛門が奥に引っ込むと、お美羽はこっそりお千佳に聞いた。

「あんな奥にお客さんを案内することって、ある？」

「あんまりない。買い物じゃなく、旦那さんを訪ねたならわかるけど、ありがとうございました、って言って送り出したように見えたから、もしかすると……」

お美羽は、頷いてほくそ笑んだ。見込みが当たったようだ。間もなく、番頭が戻ってきた。

「お待たせをいたしました。どうぞ、奥の方へお越し下さい」

番頭は声を低め、周りを気にするようにしてお美羽たちを暖簾のかかった廊下の方へ誘った。

　幾つか部屋を過ぎ、案内されたのは奥まった座敷だった。番頭に手で示され、座敷に入ったお美羽とお千佳は、目を見張った。

「まあ……綺麗」

　そこでは、様々な色と柄の反物が、畳に広げられたり衣桁にかけられたりして、客に求められるのを待っていた。よく見ると、反物には金糸銀糸が巧みに織り込まれている。光を浴びれば、さぞ美しかろうと思えた。

「皆、特別に揃えました品でございます」

　ぼうっと見ていると、突然声をかけられた。そちらを向くと、作右衛門が立っていた。

「主人の作右衛門でございます。本日はようこそいらっしゃいました。どうぞお近くでご覧下さい」

「ありがとうございます。拝見いたします」

　お美羽は膝を進め、反物を手に取った。目を近付けてみると、さりげなさを装った華やぎが香るようだ。相当な腕の職人の手になるものだろう。つい、うっとりとする。

「失礼でございますが、どちらのお嬢様でいらっしゃいますか」

作右衛門に尋ねられ、我に返った。

「浜町の方で海産物を、と申せばおわかりいただけますでしょうか」

「ああ、左様でございましたか。恐れ入ります」

表には出せない品を見せる以上、身元を尋ねられるのは予期していた。こちらも表には出たくない、という言い方で、名のある大店の娘と匂わせたのだが、はっきり言わないことが却ってうまくいったようだ。作右衛門は、勝手に納得した。

「如何でしょう。お気に召したものはございますか」

「そうですねえ……どれも素晴らしいものですけど」

「あの……お嬢様はとても華やぎのあるお方ですが、普段は控えめにしていらっしゃいますので、こういう機会に思い切って良いものを、とお望みでして」

おずおず、という調子でお千佳が言い添えた。お千佳にこういう言い方をされると、お尻がむず痒くなる。

「左様で……畏まりました」

さらに高価なものを欲しがっているとわかり、作右衛門の目尻が下がった。

「ここだけの話にしていただきたいのですが、実は三日後、さらに上等の品が京より届く手筈になっております。西陣でも指折りの、特に懇意にしております職人の仕事ですので、間違いなく御満足いただけるかと」

「まあ、そうなのですか」

お美羽は、嬉しそうな笑みを弾けさせた。

「三日後ですね。では改めてその折に伺いましても？」

「もちろんでございます。お待ち申し上げております」

これで充分だ。お美羽は山際とお千佳に、帰るよと目配せした。新しい上客を獲得したと思っているらしい作右衛門は、上機嫌の笑みを絶やさず、お美羽たちを送り出した。

柳原通りをしばらく歩いて、西島屋の者が尾けていないことを山際が得心すると、三人は浅草御門に近い茶店に入った。座った途端、こらえきれなくなったお美羽が噴き出した。

「あーっはっは。うまくいったわねえ」

「ほんと、向こうはすっかり信じちゃったみたい」

お千佳も大笑いで腹を押さえる。茶店の主人や他の客が、唖然として見ているのに気付き、お美羽は慌てて背筋を伸ばした。

「お千佳さん、ずいぶん芝居が上手いな」

山際が微笑んで言う。

「あら恥ずかしい。すっかりその気になっちゃいまして。でも山際さんこそ、ひと言もお喋りにならないのに、誰が見ても大店の用心棒って感じで、すごいと思いましたよ」

お千佳に感心されて、山際は照れ臭そうに頭を掻いた。

「逆に喋らないからそう見えたのかもしれんな。しかし、西島屋も存外甘いな。もっとこっちを疑ってかかるかと思ったが、そんな余裕はないようだ」

「いかにもすぐに売りたそうでしたものね。お千佳ちゃん、あの奥で見せてもらった反物、どれくらいすると思う」

「うん、あれは手が込んでる上に使ってる糸もかなりの上物。織るのに結構な手間賃がかかるでしょう。安いもので二十両、高いので四十両から五十両ってとこかな」

見込んだ通り、お千佳の目は確かなようだ。

「西陣からさらにいいものが来るって言ったよね。そっちはことによると、百両超えかな」

京の西陣も、倹約令で高級品の需要が落ちると職人は苦しくなる。闇で西島屋などからの注文を受け、稼がざるを得ないのだろう。

「だいぶ焦って荒稼ぎしてる、ってことね。何千両って貸金を焦げ付かせたのは、やっぱり本当みたいね」

「うむ。いくら倹約令が出てもいたちごっこで、町人の奢侈については役人もさして取り締まる気がないとは言え、西島屋のあれはいささかやり過ぎだな。いよいよ、青木さんに出張ってもらうか」

山際が言うのに、お美羽とお千佳は揃って頷いた。

勝太郎が喜色満面でお美羽の家にやって来たのは、三日後の日が傾きかけた頃だった。

「お美羽さん、誠にありがとうございました」

勝太郎はお美羽が応対に出ると、三和土（たたき）に立ったままで深々と腰を折った。

「まあ勝太郎さん、そんなにご丁寧に……とにかく、お上がり下さいな」

勝太郎はお美羽に引っ張られるように座敷に上がると、改めて畳に両手を突いた。

「八丁堀の青木様が先ほどうちにお寄りになり、教えて下さいました。お美羽さんとお仲間のお働きで、西島屋さんをお縄にできたとか。手前どもを助けるため、動いていただいたのですね。本当に、何とお礼を申し上げたらいいか」

涙でも流さんばかりの様子に、お美羽はうろたえて、顔を火照らせた。

「そんな、勝太郎さん、お手を上げて下さい。そんな大げさなことはしていませんし」

並んで座った欽兵衛は目を剝いた。

「お美羽、また何をやったんだ。聞いてないよ」

「あ、ああ、大丈夫よ。山際さんもついいててくれたし」

お美羽は西島屋の一件をかいつまんで話した。欽兵衛の目が、さらに大きくなる。

「何だい、お千佳さんまで巻き込んだのか。先方の親御さんに知れたら何と言って……」

「待って待って。勝太郎さんの前なのよ」

お美羽は慌てて、欽兵衛の苦言を押しとどめた。

「それで西島屋さんは、お縄になったんですね」

「はい。今朝、京からの荷が届いたところへお役人様方が踏み込まれまして。贅を凝らした反物や打掛、小袖が幾つも出て、とても言い逃れなどできるものではなかった、と」

三日前、山際と一緒に喜十郎と青木に話した時は、二人とも疑わしげだった。倹約令は何度出されても、町人たちはそれをかいくぐる。御上に娯楽を奪われるのは、江戸っ子たちには耐えがたいのだ。町方役人もそれを知っているので、お触れが出て数日、形ばかりの取り締まりをやった後、適当に放置する。町人たちの恨みの的になりたくないし、取り締まる人手もないからだ。

だが、お美羽から西島屋の奥座敷での話を聞くと、さすがに青木は顔を顰めた。

「そんなに豪勢なものを、店の裏でとは言え大っぴらに？　そりゃあ、捨て置けねえな」

「青木さん、西島屋が大名貸しで焦げ付きを出してるっていう噂、聞いてるか」

山際が聞くと、青木はすぐに肯定した。

「聞いてる。そいつは本当の話だ。金額ははっきりしねえが、たぶん七千か八千だな」

「大きいな。西島屋は店を潰さないためには何でもやる気だ。大倉屋のことだけじゃなく、さらに面倒事を起こすかもしれんぞ」

「付け火のことを言ってるのか？」

青木がじろりと睨んでくる。咎人なら震え上がるだろうが、これは青木が真摯に考え始めたという証しだ。

「さあな。しかし、早めに手を打った方がいいのではないか」

青木は腕組みして唸ると、念を押すように言った。

「三日後、荷が入るんだな」

「西島屋の主人は、そう言っていた」

「わかった」

青木はそれだけ返事した。何をする、とは言わなかったが、今朝の手入れが青木の答えだった。

「これで尼木様のご注文も、奪われずに済みます。本当に、安堵致しました」

勝太郎は、五日前に西島屋と尼木家の江戸御留守居役の密会を見たときからすると、すっかり生き返ったようだ。目にも光が戻っている。

「おっ母……母も、西島屋さんのことでは気を揉んでおりましたが、ほっとしております」

勝太郎の母も、主人が臥せっている中での火事騒動で、肩に相当な重荷がかかっているだろう。心配の種を少しでも減らすことができて、良かった。

いきなり、勝太郎がお美羽の手を取った。お美羽は、飛び上がりかけた。

「お美羽さんのおかげです。心からお礼を申し上げます」

拝むように言ってから、お美羽の手を握っていたのに気付き、赤面して大慌てで手を引っ込めた。

「こ、これは、つい嬉しくて……不躾なことを」

「い、いえ、とんでもない。ち、ちっとも構いませんから」

自分でも顔が真っ赤になっているのがわかる。膝で手を握って俯いていると、欽兵衛が「これはこれは」と微笑みながら呟いた。

「ああ、その、今日はこれで失礼いたします。また後日、母や店の者と御礼に上がりますので」

勝太郎は頬を染めたまま、そそくさと退出した。お美羽は半分舞い上がって、それを見送った。欽兵衛がお美羽の背中をつつく。

「なかなかいい感じじゃないか。お前のお節介も、無駄じゃないようだね」

「もう、お父っつぁんたら！　いつもは小言ばっかりのくせに」

お美羽は欽兵衛の背中を両手で突き、欽兵衛は笑いながらよろめいた。

二日後、洗濯物を干し終えたお美羽が家に入ろうとすると、寛次が長屋に入って来た。お美羽を見つけて、駆け寄ってくる。

「あれ、寛次さん、何か用？」

「へい。親分が、手の空いたときに山際さんと寄ってくれ、と」

付け火のことで、何か見つかったのだろうか。お美羽は後で行くと返事をし、山際が手習いから戻るのを待って、南六間堀に向かった。

「付け火のことだが、どうも思わしくねえ」

二人が着くと、開口一番に喜十郎が言った。何だか面白くなさそうな様子だ。

「それらしい奴の目星がつかない、と言うのか」

山際が聞くと、喜十郎は煙管の雁首を弄びながら、「ああ」と呻いた。

「山際さんが、西島屋は店を守るためなら何でもやりそうだ、って言ったろ。青木の旦那もそう思って、西島屋が大倉屋を陥れようと付け火をしたんじゃねえか、と疑ったんだが」

「西島屋は、認めないってわけですか」

お美羽の言葉に、喜十郎は苦々しげな表情を返した。

「真泉堂に大倉屋をこき下ろす読売を書かせたのは、認めた。だが、それだけのために火を付けるなんて、滅相もねえ、と言い張ってる」

「ふうむ」

山際は、腕組みして考え込んだ。

「付け火は重罪だ。ばれたら、店が立ち行かなくなるどころの騒ぎではない。大倉屋から客を奪うためだけにそんなことをするのは、さすがに無理がある、か」

「丸焼けになって死人でも出たら、一大事ですもんね」

お美羽も一時、あるいはと思ったのだが、落ち着いて考えてみると、どうもありそうにない話だった。

「婚礼衣裳を燃やして信用を落とす、というなら、盗み出して処分した方が余程安全だな」

「そういうことでさァ。それに、西島屋じゃ入舟長屋の付け火とどうにも繋がらねえ」

「確かに、な」

西島屋には入舟長屋に火を付ける理由がないのはもちろん、そんな長屋があることすら知らないだろう。

「で、どうですかい。二人とも、何か考えはねえか」

やれやれ、とお美羽はまた内心で嘆息する。何だかんだ言って、考えに詰まったら私たちに丸投げしようとするんだから。山際も、苦笑を漏らしている。

「正直、今のところは何も思い付かん」

喜十郎が落胆の色を見せた。

「だが、ここは最初に戻った方がいいかもしれんな」

「最初ってぇと、入舟長屋の話で？」

喜十郎が、期待するように顎を前に出した。

「ああ。仙之介のところを狙った付け火じゃないか、ってことは初めに言ってたろう。大倉屋の件があったので、しばらく脇にやられていたが」

「そうだった。で、山際さん、仙之介がどう絡むとお考えで」

「それがわかれば、苦労はない」

肩透かしを食った喜十郎は、がっかりしたように煙管で火鉢を叩いた。

家へ戻ると、座敷に仙之介がいた。欽兵衛と、何やら話している。さっき名前が出たばかりなので、お美羽はちょっと居心地が悪くなった。

「ああ、お帰り。今、仙之介さんと地蔵菩薩の話をしてたんだ」

欽兵衛は、機嫌良く言った。

「地蔵菩薩ね。三年待ちだって話でしょう」

今頃また何を蒸し返してるんだ、とお美羽は訝った。すると、仙之介が言った。

「それなんですが、実はだいぶ空きが出ましてて」

「え？　注文の取り消しがあったってことですか」

お美羽は欽兵衛の脇に座った。だとすると、仙之介にとってはいい話ではない。

「はい。大倉屋さんの火事のことが読売に出て、師匠の地蔵菩薩の評判に傷が付いた恰好になりまして。効能が疑わしいなら、二年も三年も待つ値打ちはない、と考えられる方が出てまいりました」

「まあ、それはお気の毒な」

真泉堂の読売は、西島屋が大倉屋を貶めるために仕掛けたのだから、仙之介と師匠の恒徳にとっては、とんだとばっちりだ。お美羽は、読売のからくりを話した。

「ああ、やはりそうでしたか。でも、一度噂になってしまうと……火事になったのは事実ですし、こう申しますと少々罰当たりかもしれませんが、ある意味人気商売ですから、仕方がありません」

「注文が途絶えたわけではないんでしょう」

欽兵衛が言うと、仙之介も「それは大丈夫ですが」と答えた。

「もしかしてお父っつぁん、改めて地蔵菩薩を注文しようって言うの」

「ああ、うん。今なら半年待ちでいける、ってことなんで、そのぐらいならと思ってね。仙之介さんがうちの長屋に来たのも何かの縁だし」

「縁ねえ。それはそうだけど」

「ご注文いただければ、有難いです。師匠にも申しておきます」

二人の顔を見ていると、お美羽は何となく付け火の話を持ち出せなくなってしまった。


次の朝はいい天気で、暖かい日差しが降り注いでいた。これなら桜も一気に咲き出すだろう。そうだ、花見の段取りをしておかなくちゃ。

少し浮き立った気分で井戸端に行くと、お喜代が心配そうな顔で水を汲んでいた。

「おはよう、お喜代さん。どうかしたの」

「あ、お美羽さん。夜中に半鐘が鳴ったの、気付かなかった？」

「え、半鐘？」

また火事か。だが、お美羽も欽兵衛もぐっすり寝ていて、半鐘を聞いていない。

「まあ、だいぶ遠かったからねえ。あたしはこの間っからの火事で、すっかり敏感になっちゃって。気付いた人は、あんまりいなかったかも」

「そうなの。嫌ねえ、ほんとに火事は。でも、大火事にはならなかったようね」

深川界隈は平穏無事で、火事の気配は感じられない。どこだったのだろう。

考えかけたところに、仙之介が出てきた。

「おはようございます。昨日の大家さんの話、今日にも師匠に話しておきます。いろいろお世話になっていると言ってありますから、順番を少し繰り上げてくれるかもしれません」

「ああ、それならお父っつぁんが喜ぶわ。ありがとう」

お喜代が、何の話、というようにこちらを見るので、欽兵衛が地蔵菩薩を注文しようとしていることを教えた。お喜代は、そりゃいいね、と大きく頷く。

「昨夜もあったくらいだから、いつまたこの近くで火が出るかわかんないしね」

「え、昨夜もどこかで火事が」

仙之介が眉を顰(ひそ)める。自分が被害に遭いかけた、というだけでなく、仕事柄、火事はいつも気にしているようだ。

「だいぶ遠かったけどね。本所のまだ先だと思うんだけど」

そんな話をしている時、表の通りを知った顔が行き過ぎるのが見えた。お美羽は小走りに表に出て、相手を呼び止めた。

「頭！　米蔵さん！　早くからどちらへ」

火消七組の頭、米蔵はお美羽の声を聞いて振り返った。今日は半纏姿でなく、羽織を着ている。

「おう、お美羽さんか。おはよう。ついこの間、一色町(いっしきちょう)に嫁いだ娘に孫ができてな。男の子だ」

「まあ、そうでしたか。おめでとうございます」

「ありがとうよ。今日は富岡(とみおか)八幡に宮参りするってぇから、俺も行くところだ」

それでこんな柄にもねえ恰好さ、と米蔵は羽織を引っ張り、笑った。

「そう言えば昨夜、本所の向こう辺りで火事があったんですって？」

お美羽はそれとなく聞いてみた。米蔵は、ちょっと驚いた顔をした。

「へえ、知ってたのか。俺たちが出張るようなもんじゃなかったが」

「どこが燃えたんです」

「うん、小網町の干魚問屋、三浦屋さんの寮が押上にあるんだが、そこだよ。丸焼けだそうだ」

そのとき、後ろで「えっ」という声がした。驚いて振り向く。声を上げたのは仙之介だった。

「三浦屋さんの、寮ですって」

目を見開いた仙之介の顔は、青ざめていた。

## 六

仙之介のただならぬ様子を見たお美羽は、すぐに自分の家に招じ入れた。

「おや、仙之介さん。どうしたんだい、朝から」

呑気に聞いて来る欽兵衛を、ちょっと待ってと座らせ、お美羽はまだ顔色の戻らない仙之介の前に膝をついた。

「何をそんなに驚いているの。三浦屋さんの寮のこと、何か知っているの」

何だ三浦屋って、と言いかける欽兵衛を制し、お美羽は仙之介の目をじっと見た。

「あ、いや、そんなに大したことでもないと言うか……」

仙之介は額を拭うような仕草をした。

「三浦屋さんの寮には、師匠の地蔵菩薩があったはずなんです」

「え……そうなの」

お美羽は欽兵衛と思わず顔を見合わせた。

「それじゃあ、何かい。恒徳さんの地蔵菩薩の火除けは、またしても効き目がなかったと」

もうお父っつぁんたら、そこまではっきり言う？　仙之介さんが青ざめたのは、まさにその心配をしたからでしょうに。

「それは、たまたまでしょう。仙之介さん、恒徳さんの地蔵菩薩を買われたお家は、どのくらいあるの」

「そうですねえ。百二十五、六軒かと思いますが」

「そんなにあるんだ。全部恒徳さんがお作りに？」

「いえ……そのくらいの数になると、師匠は形を決めて仕上げをするくらいのものが多く、弟子が大方を作ってます。一から師匠が作られるものも無論ありますが、それは少々お高くなってまして」

「もしかして、火事に遭った大倉屋さんと三浦屋さんに売ったのは、お弟子さんの作とか」

これには仙之介も苦笑した。

「さて、それは。仕事場へ行って確かめてみないとわかりませんけど」

それから頭を掻いて言い足した。

「弟子が作ったから効き目がない、とかいうものでもないと思いますがねえ」

あ、そうか。お美羽の言い方では、仙之介の腕を馬鹿にしたようなものだ。急いで謝った。

「いえ、気にしねえで下さい。しかし、どうも心配で」

「恒徳さんの評判が、ですか」

「また読売に、変なことを書き立てられやしないかと」

「うーん……大倉屋さんの時みたいなことは、ないと思うけど」

あの読売の狙いは大倉屋で、直接恒徳を貶めるようなことは書かれていない。だが、今度の火事と大倉屋の火事を結び付ける読売が出ないという保証はない。西島屋のような仕掛け人がいれば、そいつをやっつければいいが、自然に広まる噂は止める手立てがないので、ずっと始末が悪い。

「とは言っても、恒徳さんの評判が上がったのは、読売に書かれたおかげじゃなかったかね」

思い出させるように、欽兵衛が言った。

「大家さんのおっしゃる通りです。だから、読売屋を悪くも言えないんで」

諸刃(もろは)の剣か。読売屋は、刷ったものを売るのが商売。江戸っ子の興味を引くように、話を飾り立てる。恒徳の場合はそれがいい方に転がったのだが、いつ悪い方へ転がらない、とも限らない。さすがに根も葉もない作り話は書かないにしても、読売屋は、書かれた相手がどうなろうと知ったことではないだろう。

「面倒なことにならなきゃいいんですが」

仙之介のそんな呟きに、気にし過ぎよと言い切るほどの自信は、お美羽にもなかった。

昼を過ぎてしばらくしてから、喜十郎がやって来た。普段から愛想のいい顔つきではないが、今日は一段と難しい顔をしている。

「親分、どうしたんです。厄介事ですか」

「まあ、ちょっとな。欽兵衛さんと山際さんはいるかい」

「お父っつぁんは、六間堀のご隠居のところです。山際さんはいますけど」

喜十郎は、軽く舌打ちした。

「また将棋か。まあ、お美羽さんと山際さんだけでいいや。ちょいと番屋まで来てくれ。青木の旦那が話したいそうだ」

「あら、青木様が」

八丁堀からの呼び出しとなると、何か大きな動きがあったのだろう。お美羽は山際に声をかけ、喜十郎に従って番屋に向かった。

「おう、呼び立てて悪いな」

二人の顔を見た青木は、自分の前に座るよう手招きした。山際とお美羽が腰を下ろすと、青木は前置きを抜いて話し始めた。

「昨夜の押上の火事、知ってるか」

「はい、三浦屋さんの寮だとか」

青木が頷く。

「これもまた、付け火だ。裏の塀から火が上がったのを、近くの百姓が見てる」

「火を付けるところを見たわけじゃ、ないんだな」

「ああ。だが、火の気の全くねえところだ。厨(くりや)も風呂も使ってねえから、付け火以外に考えられねえ。しかも今度は、死人が出た」

「え、どなたか亡くなったのですか」

七組の米蔵も、そこまでは知らなかったようだ。お美羽は身を強張らせた。

「そいつは穏やかじゃないな」

山際も眉を上げた。

「誰が死んだんだ」

「寮の番人をしていた、百姓の爺さんだ。三浦屋の者が使ってねえときに、戸締りや火の元を見回って、庭掃除なんかをしてた」

「見回りって……まさか、付け火をした人を見たか何かで、殺されたんでは」

言ってからお美羽は、身震いした。だが青木は、「そうじゃねえ」と安心させるように手を上げた。

「この爺さん、番を任されてるのをいいことに、時々中に入り込んで、厨に置いてある酒をくすねて飲んでは座敷で寝てたらしい。昨夜は、酔って寝込んでるうちに火に巻かれちまったんだ。真面目に見回ってりゃ、命を縮めずに済んだろうによ」

青木の言い方からすると、付け火をした者は人殺しまでする気はなかった、ということのようだ。死んだ爺さんは、運が悪かったのか。

「そりゃあ、気の毒な話だが」

山際が腕組みしながら言った。

「私たちを呼んだというのは、まさかまた、火事場に紐が落ちていた、なんてことじゃなかろうな」

これには青木はかぶりを振った。

「そう都合良くいくもんか。もし同じ奴の仕業だとしても、三度も紐を落としていくような馬鹿なら、世話はねえ」

もっともだ、とお美羽も山際も頷く。

「とにかく、だ。このひと月に、ボヤを含めて付け火が五件。いくら江戸には火事が多いったって、普通じゃねえ」

「やっぱり同じ奴の仕業、と思ってるんだな」

「だから呼んだんだ」

青木は、苦々しげに言った。

「あんたらの長屋のボヤで、何か思い出したことはねえか」

「青木さん、その聞きようは芸がなさ過ぎるぞ」

もう何度も聞いたじゃないか、と山際が揶揄するように言うと、青木はむっとして睨んできた。

「仙之介って奴の住まいを狙ったんじゃねえか、ってのがあの時の話だったろ。あれから、仙之介が危ない目に遭ったなんてことはねえのか」

「仙之介と、大倉屋や三浦屋とは関わりがないだろう」

「俺たちが知らねえだけかもな」

疑り深く青木が言う。山際は、どうにも困ったという顔をした。

「強いて言うなら、地蔵菩薩ですかね……」

お美羽は、ついぽそりと漏らした。青木は、聞き逃さなかった。

「何だそれは」

「あ、ええ、三浦屋さんの寮と大倉屋さんには、仙之介さんの師匠が作った地蔵菩薩の像があったそうなんです」

「地蔵菩薩？　そうか。火除けに効くって評判になった、恒徳の」

青木は急に黙った。何か考え込んでいる。そこへ喜十郎が、おずおずと口を出した。

「旦那、もしかしたら、ですが。付け火の狙いはやっぱり仙之介で、それを悟られないよう、仙之介の関わった地蔵菩薩のある家に火を付けて回った、なんてことは」

青木は、鋭い目を喜十郎に向けた。

「それだけのためにあんな火事を出したってのか。仙之介はまだぴんぴんしてるんだぞ。付け火の狙いを誤魔化すのにそんな大層なことをするより、さっさと仙之介を殺(や)っちまやいいだろうが。付け火なんて面倒な手はやめて、暗がりで匕首(あいくち)でも使えば済む話だ」

ずいぶんと物騒なことを平気で言ってくれるが、その通りだとお美羽も思った。

喜十郎は恐れ入って小さくなった。

「あの……反対なら、どうでしょう」

お美羽はふと思いつき、口にした。三人の目が、お美羽に注がれる。

「何だ、反対ってのは」

「地蔵菩薩のある家を燃やすのが、本当の狙いだったとしたら」


家へ帰ったときは、もう八ツ半（午後三時）をだいぶ過ぎていた。欽兵衛は、まだ姿が見えない。将棋の対局が長引いているようだ。お美羽は、溜息をついた。雨漏りの修繕を頼むとか、干していた洗濯物を片付けるとか、やる用事は一杯あるのに、段取りが狂ってしまった。


日暮れまでかかって仕事を済ませると、欽兵衛が帰って来た。お美羽たちが青木に呼ばれたのも知らず、いつも通り世の中に面倒事なんかないような顔をしている。

「いやあ、ご隠居がどうしてももう一局と言うもんだから、遅くなってしまった」

欽兵衛が言うには、一局目で勝ったのだが、ご隠居は自分の負け方が気に入らず、雪辱したがったそうだ。だが、今度は熟考し過ぎて裏目に出たとか。

「明日改めてもう一局、と言うんだが」

「駄目よお父っつぁん。そろそろ今月の帳面をちゃんとしてもらわなきゃ」

ああそうかと頭を掻く欽兵衛に、昼間の話をした。また付け火だったと聞いて、欽兵衛も険しい顔になった。

「とうとう人死にが出たのか。そりゃあ、怖い話だねえ。町名主の幸右衛門さんにも、夜回りを増やす相談をした方がいいかねえ」

「それはお父っつぁんから話しておいて。ところで、仙之介さんのことだけど」

「どうかしたのかい」

「身元は確かなのよね」

「えっ、急に何を言い出すんだ」

欽兵衛は、目を丸くしてお美羽を見た。

「仙之介さんが仏具屋の鎌倉屋さんを通して家を探してたのを、うちが受けたんじゃないか。鎌倉屋さんは、立派な師匠のお弟子さんで身持ちも固いって、請け合ってたよ。お前だって聞いただろう」

「そう、そうよね……」

欽兵衛が長屋の他の職人連中と違って仙之介を「さん」付けで呼ぶのは、その信用の為せる業だった。やはり、仙之介に何か後ろ暗い所があるとは思えない。

「夕餉が済んだら、仙之介さんのところに行ってくる。聞いときたいことがあるの」

欽兵衛は、またややこしいことをしようとしているのか、という顔をしたが、事が付け火に関わるだけに、文句は言わなかった。

仙之介が仕事から帰るのを見計らって、五ツ（午後八時）の鐘が鳴る頃、訪ねてみた。

「おや、お美羽さん。何かご用ですか」

「ちょっとお話が。入らせてね」

ええどうぞと仙之介が一歩引き、お美羽は部屋に上がった。仙之介はさほど酒を飲まないし、近頃は仕事も忙しいので、いつも素面（しらふ）だ。飲んでいない日が滅多にない菊造などと違って、部屋も気持ちがいいくらい片付いている。やっぱりちゃんとした人だな、とお美羽は改めて得心した。

「変なことを聞くようだけど、恒徳さんには敵になるような人がいるの?」

「えっ」

唐突過ぎたようで、仙之介は目を剝いた。

「どういうことでしょう」

「いいえ、その……何としても恒徳さんの評判を落としたい、と思っているような人がいるかってことなんだけど」

仙之介は、少しの間啞然としていたが、やがて口元を歪めた。

「恐れ入りました。実は、いなくもないんですよ」

よし、とお美羽は膝を叩きそうになり、慌てて止めた。

「同じ仏師の人かしら」

「その通りです。あまりこういうことは言いたくないんですが」

仙之介は迷いを見せたが、名前を出した。

「円劉という人がいます。やはり仏師で、師匠が売れ出す前から、腕のいい仏師として名前が通っていました」

「その人、恒徳さんの評判が上がったおかげで、仕事にあぶれちゃったの?」

仙之介は、いえいえ、と手を振る。

「仕事がなくなる、なんてことはありません。円劉さんも、立派な腕をお持ちなんで」

「でも、この頃は恒徳さんに追い越された恰好なんでしょう。嫉妬してたりするわけね」

「嫉妬と言うか……ただ、うちの師匠の方がだいぶ売れるようになった、というだけのことですから」

いや、それって普通、嫉妬するでしょう。仙之介の言い方は、却って皮肉に聞こえる。

「恒徳さんの評判を落とせば、また自分の作がよく売れるようになる、というわけね。円劉さんって、そんなことをしそうな人なの」

「ええと、まあ……弱ったな」

仙之介は溜息をついた。つい円劉の名前を出したのは拙かったか、と思っているらしい。しばらく迷っていたが、結局お美羽の問いかけを肯んじた。

「野心の強いお方だということですから。でも、嫉妬などという話では……」

そこで仙之介は語尾を濁した。お美羽は、おや、と思った。正直、嫉妬だけで付け火のようなことまでするとは、大袈裟過ぎる。昼にこの考えを思い付いて青木たちに話した時も、そう言われて半ば退けられていた。山際だけは仙之介に確かめるべきだろうと言ってくれたので、こうして膝を突き合わせているのだが、やはり何か他に理由があるのだ。

「では、何なんですか」

催促すると仙之介は、ここだけの話ですが、と先を続けた。

「お美羽さん、行人坂(ぎょうにんざか)の大火をご存知ですよね」

「ええ。生まれるだいぶ前の話ですけど、聞いてはいます。江戸の半分くらいが燃えたっていう、凄い大火事だったとか」

「はい。今から三十年余り前の、明和九年のことです。私にとっても、生まれる前ですがね」

明和九（一七七二）年二月の末、目黒行人坂の大円寺(だいえんじ)から出火した火の手は、麻布から日本橋、神田、小塚原(こづかっぱら)までを焼き尽くし、鎮火したのは三日目だったという。火は大川を越えなかったので、本所深川は無事だったが、万を超える人々が亡くなり、老人たちは折に触れ、その恐ろしさを語っている。

「あれも、付け火だったんですよ」

「ああ、はい。確か、捕まって火炙りになったんですね」

「ええ。盗人の仕業です。火炙りになったからって、焼け死んだ人たちは報われやしませんがね」

お美羽は、三浦屋の寮で焼け死んだという老人のことを思った。付け火をした者にどんな思惑があったか知らないが、老人にとっては運が悪かったで済む話ではない。

「行人坂の火事が、今度の付け火と何か関わるんですか」

「いえ、直に関わるんじゃありません。来年、この大火の三十三回忌になるんですが、御上の方でその法要をやろうって話が出てましてて」

「はあ。それは結構なことだけど」

話が見えにくく、お美羽は首を傾げた。

「その法要に当たって、火除けの地蔵菩薩を新しく作り、寛永寺（かんえいじ）にお納めしようって話なんですよ」

「あ、もしかして、恒徳さんの地蔵菩薩を……」

ようやく飲み込めてきた。仙之介が、そうなんですと大きく首を縦に振る。

「御奉行所を通じて話がありました。法要までに、五尺ほどの地蔵菩薩を作ってほしいと」

「いい話じゃありませんか。御上も恒徳さんの評判をお認めになって……」

「いやそれが、そう手放しで喜べる話でもねえんで」

仙之介の渋面を見て、お美羽も気が付いた。

「ははあ、横槍が入ったのね。恒徳さんがそんな大法要のご注文を受けたのを、面白く思わない人がいるんでしょう」

「ご賢察の通りです。法要については、寺社奉行様と南北両町奉行様に、勘定方まで関わってるそうでして、お役人様の上の方でも、ご意見がいろいろってところのようで。従前から御上の御注文を受けていた仏師の方々からも、何で自分らを差し置いてと、だいぶ文句が出ているそうです」

「ああ、よくある話よね。お役人も、前例ばっかり気にする人が多いし」

「南の御奉行の根岸肥前守（ねぎしひぜんのかみ）様なんかは、さばけたお方で前例にとらわれないそうでして、評判になってる腕なら恒徳でいいんじゃねえのか、とおっしゃって下すってるようですが、それがまた気に食わねえ、ってお方もいるようで」

「ややっこしいわねえ。出る杭は打たれるってことね。じゃあ、まだ本決まりじゃないの」

「仮決めです。ですが、決まるのを待っていたら法要に間に合わなくなるかもしれないんで、取り敢えず作り始めろってことです」

ずいぶんいい加減な、と言うか勝手な話だ。本決まりの時、注文が下りなかった側が作りかけた地蔵菩薩は、御上が買い取ってくれるのだろうか。そうはならないだろう。

「読めてきた。恒徳さんとその法要を競り合ってるのが、円劉さんってわけね」

「その通りです。円劉さんとしては、長年御上の御注文を一手に受けていたものを、急に横取りされたように思ったんでしょう。だいぶ袖の下を使って、巻き返しに出ているみたいですが、肥前守様などはそれがお気に障っているようで」

「なあるほど。円劉さんとしては、ここで恒徳さんの評判が地に墜ちれば、万々歳というわけね」

そこで仙之介は、少しばかり憂い顔になった。

「あの、お美羽さん。円劉さんが師匠の評判を落とすため、師匠の地蔵菩薩を買った家に火を付けたと思うんですか」

「考えられなくはないでしょう」

頭の中で、円劉の悪だくみと半ば決めてかかっているお美羽は、平然と言った。

仙之介の方は、困惑を顔に浮かべた。

「理屈は通ってますが、付け火のような恐ろしいことまでしますかね。ばれたら、注文を失うどころじゃなく、火炙りですよ」

「さあねえ。どれだけのものがかかっているか次第でしょうねえ」

仙之介はそう聞くと、余計不安そうにお美羽の顔を窺った。

「へえ、行人坂の大火の三十三回忌に、恒徳さんの地蔵菩薩をか。それは誉れだねえ」

仙之介から聞いたことを話すと、欽兵衛はその気になって喜んだ。

「仙之介さんも手伝うんだろう。うちの長屋にそういうことに関わる人がいるのは、嬉しいじゃないか」

「お父っつぁん、まだ正式に決まったわけじゃないんだから。仙之介さんからはくれぐれも内々に、と言われてるのよ。近所で吹聴したりしないでね」

「わ、わかってるよ、そんなことは」

欽兵衛は、心外だという顔をした。お美羽はもう一睨みすることで、念を押した。

「しかし、もう三十年以上経つのか。あの火事は、本当に酷かったからねえ」

「お父っつぁんは、子供の頃に見ているのね」

うん、と頷いた欽兵衛の表情が、曇った。

「十二の時だったかな。冷たい風の吹く日だった。そこらじゅうで半鐘が鳴りだしたんで、大川の土手まで走った。そうしたら、川向うに並んだ武家屋敷の屋根越しに、物凄い煙が見えてね。足がすくんだよ。その時は真っ昼間だったが、夕方に収まりかけたと思ったら、日暮れ頃にまた激しく燃えだしてねえ。夜空が真っ赤に染まって、両国橋を渡って命からがら逃げて来る大勢の黒い影が、何だかこの世のものでないように見えたよ」

それから欽兵衛は俯いて、「あんなのは、二度とごめんだね」と呟くように言った。まだ幼い欽兵衛には、強烈な体験だったのだ。

「そうね。火事は嫌よねえ」

江戸の町家はほとんど木と紙でできているので、一度火が付くと際限なく燃える。だからこそ、付け火はたとえ怪我人が出ないボヤであっても、人殺しと並ぶ重罪なのだ。付け火をやった奴は、何としても捕まえて落し前をつけさせたい。その一方、七組の米蔵たちのように、怪我など顧みずに火の手を防ぐ町火消たちには、本当に頭が下がる思いだ。お美羽はその二つを、強く心に刻んだ。

円劉の住まいを兼ねた仕事場は、浅草寺に近い浅草三間町(あさくささんげんちょう)にあった。お美羽は、仙之介から円劉のことを聞いた翌日、早速様子を見に行った。

今日は一人である。山際にも声をかけようかと思ったが、あんまり引っ張り回しても手習いの邪魔になるし、何より千江さんに悪いかな、という気がしたのだ。千江はほとんど気にしないと思うが、ついついお美羽は意識してしまう。乗り込んで詰問しようというつもりはないし、覗くだけならいいか、と考え、ぶらぶらと来てみたのだ。

円劉の家は、思ったより立派な構えだった。大きくはないがちゃんとした門もある。恒徳の住まいはまだ見ていないので比べられないが、仏師として、それなりの権威を示しているように見えた。

門から中を覗いていると、ふいに後ろから声をかけられた。

「何かご用でございますか」

飛び上がりそうになって振り向くと、二十歳前と見える若い弟子が、怪訝そうな顔でお美羽を見つめていた。近所へ短い使いに出て、戻ってきたところだろう。

「あ、はい、こちらは仏師の円劉様のお宅でございますね」

「左様ですが」

「あのう、家の方で地蔵菩薩像をと考えているのですが、円劉様とお話できますでしょうか」

注文に来たと装って、聞いてみた。中に案内されたら、適当に話を作ろう。そう考えていたものの、思惑通りにはいかなかった。

「お約束でございますか」

「あ、いいえ、それはございません」

弟子は、済まなそうにしたのか侮ったのか、どちらとも取りかねる表情を浮かべた。

「申し訳ございません。円劉は多忙でございまして、お約束のないお方とは……」

あら、ずいぶん偉ぶってくれるじゃない。お美羽は鼻白んだが、仕方がない。

「左様でございますか。これは不調法でした。出直してまいります」

お美羽は丁寧にお辞儀して、門から離れた。だが無論、このまま帰るつもりはない。

お美羽は喜十郎たちがやるように、斜向かいの商家の脇に身を隠し、しばらく見張ることにした。せめて円劉の顔だけでも拝んでおきたい。

四半刻も待ったかと思う頃、門から立派な身なりの男が出てきた。年の頃は五十くらい、中背で頭巾を被り、泥鰌髭を生やしている。後ろから弟子が三人ほど出て、行ってらっしゃいましと声を出したところを見ると、あれが円劉に相違あるまい。駕籠は用意されていないから、さほど遠出するわけでもなさそうだ。お美羽は物陰を出て、尾け始めた。

やはり遠くではなかった。円劉は、ほんの四町ばかり行った黒船町(くろふねちょう)で、一軒の料理屋に入った。浅草御蔵前通りから一歩入った店で、この近辺はお美羽も度々通っており、見覚えがあった。

昼九ツ（正午）過ぎという刻限からすると、お役人の接待ではあるまい。誰か客と昼餉を共にするのだろう。見張りを続けようかどうしようかと迷ったが、幸いなことに目の前に蕎麦屋があった。欽兵衛はまたしても将棋で、昼餉の用意を気にすることはない。お美羽は蕎麦を食べながら、待つことにした。

待つ、と言っても、料理屋の昼の膳と蕎麦では、食べるのにかかる間がだいぶ違う。丼が空になり、何杯もお茶をもらって、亭主のいい加減に出てくれないかというあからさまな目付きが痛くなり始めたとき、蕎麦屋の縄暖簾越しに料理屋から出てくる円劉が見えた。

やれやれ、と思ってお美羽は腰を上げた。が、中腰のまま固まった。円劉の後ろに、知った顔が見えたのだ。蕎麦屋の亭主が訝しむのも構わず、お美羽はそのまま、じっと二人を見つめた。

円劉は、相手に何やら愛想のようなものを言っているらしい。相手は、苦笑のような笑みで応じていた。やがて二人は通りに出ると、そこで円劉は北へ、相手は南へと別れ、すぐに見えなくなった。お美羽はそっと縄暖簾から顔を出すと、今の会合の意味を懸命に考えた。

円劉の相手は、勝太郎だった。

## 七

お美羽から円劉の話を聞いた山際は、お美羽ほど性急な決めつけはしなかった。

「疑わしいのはわかるが、付け火までするかどうか、だな」

「江戸での付け火は本当に怖いですねえ。もしこの辺りが大火事になったらと思うと」

今まで、家々がこれほど密に建て込んだところに住んだことがなかった千江は、身震いするように言った。

「どうしてそんなことをする人がいるんでしょう」

五つになる香奈江は、可愛い眉をひそめた。世の中に極悪人がいること自体、まだ考えられない年頃だ。お美羽は、そうね、どうしてでしょうねと微笑んだ。

「普通ならそこまでは、と思いますが、恒徳さんの地蔵菩薩は火除けが胆です。その胆を叩き潰すには、火除けにしくじった、と世間に見えるようにするのが一番でしょう」

「行人坂の大火の法要は、円劉にとってそれほど大事なのかな」

改まってそう尋ねられると、お美羽も自信を持って言い切れなかった。

「これは、もっと事情を聞いてみた方がいいでしょうか」

「一度、恒徳さんにも会ってみるか。今晩、仙之介が帰って来たら、教えてくれ」

お美羽は、わかりましたと言って、一旦家に戻った。


仙之介は、その晩も遅かった。帰ってきたのを確かめ、山際のところに行くと、香奈江はもう寝息を立てていた。山際は香奈江を起こさないよう、黙って千江とお美羽に頷き、立ち上がった。

「邪魔するぞ、仙之介」

この日もだいぶ疲れたらしく、仙之介はちょうど欠伸をしていたが、お美羽と山際を見て座り直した。

「ああ、どうも。山際さんにお美羽さん」

「疲れているところ済まんな。お美羽さんから円劉のことは聞いたが、もう少し詳しく知りたいんだ」

「詳しくと言われましても、私が知ってるのは昨日お美羽さんに話したことだけですが」

「うむ。恒徳師匠なら、もう少しいろいろ聞けるのではないかと思ってな」

「私も、恒徳さんにはまだご挨拶してませんし、お父っつぁんが地蔵菩薩をお願いするなら、一度お目にかかって、と」

お美羽と山際に言われ、仙之介は少し考える風だったが、承知した。

「わかりました。それじゃあ明日、師匠に話しておきますんで、明後日辺りに」

「ああ、よろしく頼む」

へい、と仙之介は頭を下げてから言った。

「山際さんも、円劉さんが付け火をしたんじゃねえかとお疑いで」

「いや、正直まだ何とも言えん」

「そうですか。実は私も考えたんですが……」

仙之介は首筋を撫でた。

「うちの裏の塀が燃えたことですがね。円劉さんには、地蔵菩薩のことはともかくとして、こんなところに火を付ける理由はないと思うんですが」

「それは、まあ……」

お美羽は言葉を濁した。

「そもそも、大倉屋さんや三浦屋さんの付け火が、ここの付け火と同じ奴の仕業ってのは、どうしてわかったんです」

「いや、正直、三浦屋の寮の方は同じ奴という証しがないんだが」

山際が答えると、「じゃあ大倉屋の方にはあったんですか」と仙之介が聞いた。

「うむ。紐が落ちていた」

「紐？」

「この裏で、長さを測ったような紐が見つかったろう。あれとそっくり同じようなものが、大倉屋の裏でも見つかったんだ」

「その紐、大倉屋の裏塀の端から、火が付けられたところまでの長さと同じだったんです。この長屋の裏と同じことをやったに違いないと、青木様も」

「そうですか……全く同じような紐が……」

お美羽は、仙之介の様子が急に変わったのに気付いた。声が消え入り、何事か考え込むように目を逸らしている。

「仙之介、どうかしたのか」

同様に気付いたらしい山際が、声をかけた。仙之介は、びくっと肩を動かしてお美羽たちに目を戻した。

「あ、いえ、ちょっと考えちまって……」

何を、と聞く前に仙之介が続けて言った。

「済まねえ、今日はちょっといつもより疲れてますんで。師匠にはお二人のこと、ちゃんと言っときますから」

昨日や一昨日より疲れているとも見えないが、引き取ってくれということだ。お美羽は山際と顔を見合わせたが、無理に長居もできない。じゃあ、お休みなさいと言って外に出た。

長屋の井戸端で、お美羽は山際に言った。

「どうも変ですね。仙之介さん、何を思ったんでしょう」

「いや、わからん。明日また様子を見よう」

二人は互いに首を捻りながら、それぞれの家へ引き上げた。


次の日、お美羽は大倉屋に足を向けた。勝太郎に、円劉と会って何を話したか、聞いてみたいと思ったからだ。大倉屋と円劉に元々付き合いがあるのなら、勝太郎に円劉と恒徳の遺恨について教えてあげた方がいい、という考えもあった。

大倉屋の店は、まだ閉まったままだ。焼けた部分の片付けが終わり、仮修繕を済まさないことには商いができないだろうから、仕方がない。潜り戸を叩き、店に残っている手代に勝太郎を呼んでもらった。

「お美羽さん、いらっしゃいまし。修繕中で上がっていただくところもありませんで……すぐそこに座敷のある小料理屋がありますから、そちらへどうぞ」

勝太郎は、先に立って一町足らずのところにある小料理屋に入った。今のところ、客があれば全てここで会っているようで、小料理屋の女将は当然のように、入ってすぐの座敷に案内した。向き合って座ると、勝太郎がまず挨拶を述べた。

「先日、改めておっ母……母と御礼に参上しますと申し上げながら、延び延びになって申し訳ございません」

勝太郎は、西島屋の件が片付いてすっかり肩の荷を下ろしたようだ。屈託ない笑みを見せている。

「いえいえ、まずはお店の再開が先でしょう。修繕の方は如何ですか」

「はい、ありがとうございます。出入りの棟梁に急いでもらっています。仮の修繕、と言っても、焼けたところを取り壊して、残った部分に雨風が入らないよう壁を作るだけですが。それは今月には終わりまして、店を開けられると思います。その折、再開のご挨拶と併せて参上させていただきます」

「花見の頃には商いができるのですね。良かったです」

「それも本当に、お美羽さんのおかげです」

心から恩義に思ってくれているようで、お美羽はまた頬が熱くなった。それを抑えて、聞きたかったことを聞く。

「あの、実は昨日、黒船町でお見かけしたのです。料理屋で、円劉さんとお会いだったようで」

その途端、お美羽も驚くほど勝太郎の顔色が変わった。

「え、く、黒船町で。ま、間違いなく私でしたか」

「え？　はい、見間違いはしていませんが」

「そ、そうですか。いえ、円劉というのはどなたでしょうか」

お美羽はびっくりした。まさか、円劉と会ったことを否認されるとは思わなかった。

「浅草三間町の仏師の方ですけど。ご一緒に料理屋から出ておいででしたが」

「え、一緒に……。あ、ああ、あの方ですか。頭巾に泥鰌髭の」

「はい、そうです。お知り合いでは」

「いえ、いえ、違います」

勝太郎は、安堵の息のようなものを盛大に吐くと、笑って手を振った。

「あの店で、取り引きのあるお客様と昼に会合しました。お客様が先に帰られてから、私が店を出ようとしたとき、ちょうどあの泥鰌髭の方と一緒になりまして。そこで先方に話しかけられ、ちょっと言葉を交わしたのです。天気のこととか、だったと思いますが」

「まあ。それじゃ、お知り合いではなかったのですね」

「はい、円劉様と言われる仏師ですか。なるほど、そんな感じの方ですね」

「私ったら、勘違いしてしまいまして。失礼いたしました」

「いえいえ、そう見えたのも無理はありません」

勝太郎は、何でもないとばかりにまた笑った。お美羽も、そうですねと一緒に笑った。が、胸の内では笑っていなかった。お美羽にはよくわかった。勝太郎は嘘をついている。だが、なぜだ。


その夜、仙之介の帰りはいつもよりさらに遅かった。

「仙之介さんはまだかい。今日はまた、ずいぶん忙しいんだねえ」

欽兵衛が、いつものものんびりした声音で言った。恒徳を訪ねる件で返事を待っているお美羽は、首を傾げた。仙之介は、他の長屋の連中と違って、仕事帰りに仲間と飲みに行くようなことは、滅多にしない。

「もうじき五ツ半(午後九時)になるし。これだと、木戸が閉まる四ツ(午後十時）ぎりぎりになるかもねえ」

大倉屋の火事以降、注文が減り気味だと言っていたのに、そんなに仕事が溜まっているのだろうか。

五ツ半の鐘が鳴り、少し気がかりになってきた時、いきなり表の戸が叩かれた。

「遅くにご免なさいよ。入舟長屋の大家さん、おられますかい」

知った声ではない。欽兵衛は、自分で立って表口に出た。

「はい、私だが、どなた」

「清住町（きよすみちょう）の番屋の者で。仙之介さんてのは、こちらにお住まいのお人ですかい」

仙之介、と聞いてお美羽はぎょっとした。番屋の使いが来るとは、只事ではない。
お美羽は欽兵衛を押しのけるようにして、戸を開けた。綿入れの半纏を着た若い男が、目の前に立っていた。

「はい、仙之介はうちの長屋の者です。いったいどうしたんですか」

若い衆は、硬い表情で告げた。

「頭に大怪我をして、番屋に運び込まれました。誰かに後ろから、ガツンとやられたようで」

若い衆は、自分の頭の後ろを拳で殴る仕草をした。

「そんな！　怪我は酷いんですか」

「気を失ったままなんで、医者を呼びにやりました。持っていた道具袋に、北森下町入舟長屋仙之介、って書かれてたんで、取り敢えず知らせに来た次第で」

「すぐ行きます。お父っつぁん、喜十郎親分に知らせて」

欽兵衛は、あ、ああ、わかったとうろたえ気味に返事して、草履をつっかけると、表に飛び出した。お美羽は若い衆に従って、清住町へと向かった。


清住町は大川沿いで、小名木川と仙台堀の間にある土地の一画だ。武家屋敷や寺に囲まれているので、仙台堀の南側の賑わいとはかなり趣を異にしている。

町の角にある番屋に駆け込むと、小上がりの畳に横たえられた男に、医者が屈み込んでいるのが目に入った。常より多く灯が灯されているので、顔はすぐ見分けられた。仙之介に間違いない。

「仙之介さん！　何があったの」

思わず叫んだが、医者に「しいっ」と制された。

「あまり大きな声を出すな。後ろから硬いもので殴りつけられ、意識が戻っていない」

見ると、頭の脇に血まみれの手拭いやさらしが丸められていた。お美羽は、ごくりと唾を飲み込んだ。

「あの……命に関わることは」

「うん、それは大丈夫と思うが」

白髪頭の医者は、ここで初めてお美羽の方を向いた。

「頭の骨にひびが入っているようだ。当分は安静にせにゃならんし、いつ意識が戻るかはわからん。きちんと話ができるようになるまで、何日かかかりそうだな」

「そうなんですか」

命の危険はなさそうだと聞いてほっとしたが、しばらく意識が戻らないだろうというのは、心配だった。

「儂(わし)は今川町(いまがわちょう)の良伯(りょうはく)だが、あんたは」

「この仙之介さんの住む長屋の大家の娘で、美羽です」

「そうか。長屋は北森下町だったたな。あの辺なら丈庵(じょうあん)さんが診ているな」

良伯は、ちょっと考えてから言った。

「今そっちまで運ぶのは危ないな。動けるまで、儂のところで面倒見よう」

「ありがとうございます。診療代は私の方で立て替えますので」

良伯は、わかったと返事して仙之介に触れた。

「心の臓は落ち着いている。見つけるのが早くて良かった」

「どなたが見つけて下すったんですか」

「あっしです」

さっきお美羽を案内して来た若い衆が言った。

「近頃、付け火なんぞが多いんで、町役さんに言われて頻繁に夜回りをしてたんですがね。大川沿いに出たところで、霊雲院（れいうんいん）って寺があるんですが、その辺の暗がりで人影が二つ、見えたんです。今時分に仕事帰りか、と思ったら、そのうちの一人がもう一人の後ろに寄ってすぐ、変な音がして前の一人が倒れるのが見えたんです」

「え、それじゃ仙之介さんが襲われた、まさにその時を見たんですか」

「へい。ですが、あの辺は暗くって、顔なんざもちろん見えねえ。何してんだって大声を出したら、襲った奴は飛び上がって逃げちまいやした。追っかけようと思ったんだが、こっちの兄さんの方が心配で」

　若い衆は、仙之介の方を目で示した。襲った奴がわからないのは残念だが、この若い衆が通りかからなかったら、仙之介は助からなかったかもしれない。お美羽は丁重に礼を言った。

「いや、そんな。もうちっと早く通りかかってりゃ良かったんですが」

　若い衆は、謙虚に言って手を振った。本当に、仙之介は運が良かった。

　そこへ騒々しい足音がして、喜十郎と欽兵衛が駆け込んで来た。

「おう、邪魔するぜ。仙之介はどんな具合だ」

「あ、親分。ご苦労様です。暗がりで襲われたようですが、今のところ命は助かりそう」

　それを聞くなり、欽兵衛は上がり框に座り込んだ。

「ああ、良かった。万一、と思うと生きた心地がしなかったよ」

　それから寝ている仙之介の方を見て、出血の多さに驚いたのか、身を竦めた。

「怪我は酷いみたいだが、大丈夫なのかい」

「充分気を付けんといかんが、過剰に恐れんでもいい」

良伯は、お美羽にした話をさらに詳しく、喜十郎と欽兵衛に告げた。欽兵衛も、ようやく落ち着きを取り戻した。

喜十郎の方は仙之介を助けた若い衆から、さらに細かく話を聞いていた。

「襲った奴の背格好は、どうだった」

「そうですねえ……仙之介さんと同じくらいだと思うんですが、何しろ暗かったもんで」

若い衆の話では、霊雲院の辺りは特に暗いという。そこを狙って襲ったものと思われた。喜十郎はお美羽の方へ問いかけた。

「恒徳の仕事場は万年町だったな。仙之介は、行き帰りにこの道を通るのか」

「ええ。万年町から仙台堀沿いに来て、大川端の上ノ橋で右に折れ、大川沿いに上がって万年橋を渡ってから後は、六間堀に沿って歩くんです」

「てことは、やっぱり仕事からの帰り道でやられたか。毎日同じ道なら、尾けられたのか待ち伏せられたのか、どっちとも言えねえな」

「物盗り、ではないいんですか」

「さっき確かめたが、財布はちゃんとある。だが、そっちの若い衆が声を上げたんで、盗れずに逃げたのかもしれねえ。仙之介に、恨まれるような話は……」

「付け火の時に言ったじゃないですか。そんなこと、およそないような人に思えますけど」

　喜十郎も腕組みしながら頷いた。

「とにかく命冥加（いのちみょうが）な奴だ。そっちの若ぇ（わけ）のが来合わせなきゃ、大川へ放り込まれて死んでたかもな」

　お美羽は、それを聞いてぞくりとした。喜十郎の目は、何かを思案するようにひたと仙之介に据えられている。その様子から、お美羽は喜十郎が自分と同じことを考えていると悟った。この一件、付け火のことと関わりがあるのだろうか。

## 八

　翌日、日も高くなってから、お美羽は山際と一緒に恒徳を訪ねた。一度挨拶を、というつもりが、仙之介の一件の見舞い、という思わぬ形になってしまった。

「これは、わざわざのお越し、ありがとうございます」

座敷で応対した恒徳は、青ざめた顔で挨拶した。弟子があんな目に遭ったことで、だいぶ衝撃を受けているようだ。

「このたびは、仙之介さんが大変な災難で、お見舞い申し上げます」

「今朝早くに知らせを受けたときは、本当に驚きました。お医者の良伯先生もお越しになりまして、まだ油断はできないので先生のところでお預かりいただけるとのこと。誠に有難く思っております」

恒徳は四十一、ということだが、幾分老けて見えた。細面で額の皺が深いせいもあるが、弟子の事件で憔悴したのと、普段から仕事で疲れているためだろう。

「あんな真面目な男が、なぜこのような恐ろしいことに。理不尽この上ない」

恒徳は嘆息して肩を落とした。仙之介は、恒徳としても頼りになる弟子だったようだ。

「ただでさえお忙しいところ、何かと大変ではと存じます」

お美羽は、座敷に通されるときに見た仕事場の様子を思って、言った。恒徳の家は円劉のものよりやや小さく、立派な門もないが、板敷きの仕事場は奥行きがあって広い。そこで弟子が五人ほど、忙しく働いている。彫る途中の仏像が三体ばかりと、まだ手の付けられていない丸太のような木が何本かあり、数十本はありそうな鑿（のみ）が鈍い輝きを放っていた。注文が減ってもこれなら、次から次へと地蔵菩薩を頼まれていたときは、さぞかし凄い修羅場だったのだろう。仙之介の帰りが毎晩遅かったのも、当然だ。

「やはり恒徳殿も、仙之介が襲われるような心当たりはござらぬか」

山際が確かめたが、恒徳は、滅相もないと強くかぶりを振った。

「私の知る限りでは、女にも賭け事にも縁がない。物盗りの類いではないでしょうか」

「左様か」

山際も、その筋で何か聞けると期待していたわけではなさそうだ。ここで話の方向を変えた。

「恒徳殿、円劉殿のことはよくご存知かな」

恒徳の眉が、それとわかるほどぴくりと動いた。

「はい。同業ですので、よく」

「行人坂の大火の三十三回忌法要の際に奉納する地蔵菩薩について、指名を争われているると聞き及ぶが、誠でござるか」

恒徳の眉間に、皺が寄る。

「仙之介からお聞きになりましたか」

「はい。仙之介さんからは、他には漏らさないでほしいと念を押されましたが」

お美羽が言うと、恒徳の顔色がまた青くなった。

「まさか……ここで円劉さんのことをおっしゃるのは、仙之介が襲われたことに円劉さんが関わっているとお考えで」

「そう決めつけるものではないが」

山際は、慎重に言う。

「円劉殿は恒徳殿に、相当な遺恨があるのか」

「とんでもない。そのような覚えはございません」

恒徳は、心外というように顔を引きつらせる。

「先ほど言われた法要の奉納について、円劉さんと競うような形になったのは確かです。しかし、だからと言って……」

恒徳は何故か、そこまで言って口籠もった。

「どうかされたかな」

「いえ、何でも」

恒徳は目を逸らしている。言うべきかどうか考えているような具合だ。

「仙之介は、奉納の地蔵菩薩を作るには欠かせない弟子なのか」

山際に言われて、恒徳は仕方なさそうに口を開いた。

「仙之介の腕は、確かなものです。実際、私の名で出したものの中にも、半ばまでは仙之介が作ったものがございます。ですが自分の名で弟子に作らせるのは、他の仏師の方々でも同様です」

「ふむ。それでは仙之介がいないと、やはり差し障りがあるのか」

「いえ、今度奉納するものなどは誠に大事なものですから、全て私の手で作ります。ただ、これにも仙之介の手が欠かせないと誤解された向きがあるやも」

ははあ、とお美羽は思った。仙之介がいなければ恒徳は地蔵菩薩を奉納できなくなると、円劉は考えたのではないか、と言いたいわけだ。

「先だって、仙之介の住まいのすぐ裏に付け火があったと聞きましたが」

今度は恒徳の方から聞いた。

「あれも、仙之介を狙ったものだとお思いになりますか」

「こんなことが起きますと、そう考えるべきではないかと」

お美羽は言った。

「紐で仙之介さんの住まいの場所を測ったような様子があることも、お聞きですか」

「はい、それも仙之介から聞いております。狙ってのこととすれば、大勢の関わりのない方々を巻き込むのも顧みなかった、ということですね。恐ろしい話です」

恒徳は、声を震わせた。それから、小さな呟きを漏らした。

「円劉さんが、そこまでなさるとは……いや、でも……」

恒徳の家を辞した二人は、仙台堀に沿って歩いた。仙之介が通っていた道筋を、そのまま辿っているのだ。

「ねえ山際さん、これはやっぱり、一度円劉さんに会ってみないといけませんねえ」

話しかけられた山際は、思案げに首を捻っている。

「しかし円劉は易々とは会ってくれないのだろう。お美羽さん、門前払いになったと言っていたじゃないか」

「そこは十手の御威光で」

「うむ。青木さんに話してみるか」

山際も、円劉についてはだいぶ興味を覚えてきたようだ。青木のところへは自分が出向こうと言ってくれた。

「あ、この辺ですよね」

清住町の番屋が、右手に見えた。少し先に、霊雲院の門が見える。改めて見回すと、清住町の町家は僅かで、目に入るのは専ら寺と武家屋敷の土塀だ。仙之介の通る道筋で、この辺が一番暗いのではないか。

「確かに、闇討ちには恰好の場所だ。襲った奴は、界隈の様子を調べてあったようだな」

山際は左右を見ながら、「その割には、詰めが甘いな」と独り呟いた。それからまた少し考え、お美羽に言った。

「やはりもう少し、長屋の付け火のことを調べておいた方がいいかもしれんな」

「はあ……そうですね」

今さら新しい話は出て来ないと思ったが、念には念を、か。お美羽は頷いて、万年橋へと曲がった。


長屋へ帰ったお美羽は、まずお喜代のところに行った。

「え、火事の時の話？　もう大方は喋ったけど」

「もう一度最初から調べようってことでね。私たちを起こしてくれたのは、お喜代さんだったよね」

「そうよ。目が覚めたら焦げ臭くって、うちの人も飛び起きて、周り中が騒ぎ出してさ。火元に近い仙之介さんは、仕事疲れでぐっすりだったから叩き起こして、大慌てでお美羽さんとこへ走ったんだよ」

「焦げる臭いで気が付いたのよね」

「そう。それに、火事だ火事だって声が上がってて」

おや？　お美羽が記憶していた様子と、何かが違う気がした。

「お喜代さんが目を覚ました時、もう騒がしかったの？　一番初めに火事に気付いたのはお喜代さんだと思ってたんだけど」

それを聞いて、お喜代も「あれ」と妙な顔をした。

「そう言えば、誰だっけ。菊造でも仙之介さんでもないし」

「じゃあ、最初に気付いて叫んだのは？」

「ええと、いや、ちょっと待って」

お喜代は両手を頭に当て、懸命に思い出す素振りをした。お美羽はじっと黙った。

「あ、そうだ」

急にお喜代が、手を頭から離して声を上げた。

「外から、火事だって声がしたんだ。それで目が覚めて、うちの人を揺り起こして……」

「待って。順番に行きましょう」

お美羽は、混乱しかけたお喜代を宥めるようにして、一つずつ確かめた。

「寝ていたら、まず火事だって声がした。で、目が覚めると焦げ臭かった。栄吉さんを起こすと、周りから長屋の人たちが火事だ火事だと叫び回る声が聞こえた。それから仙之介さんを叩き起こし、飛び出してうちに知らせた。こういうことね」

「ああ、そうよ。それで間違いない」

お喜代は興奮したように何度も頷いた。

「これ、大事なことよ。お喜代さんの目を覚ました叫び声、誰のだった？」

「誰のって……わかんないよ」

お喜代は困った顔になった。

「でも……長屋の誰かのじゃあない。知らない人の声だった」

「もし、もう一度聞いたらわかる？」

お喜代はしきりに首を捻ったが、「たぶん」と答えた。お美羽は、これはどう考えるべきなんだろう、と迷った。

「何、長屋の者でない誰かが火事を知らせた？」

お美羽からお喜代の話を聞いた山際は、驚きを見せた。

「そうなんです。知らせた人は、それっきり姿を現していません」

通りがかりの人が炎を見て叫んだのかと思ったが、真夜中に通行人などいるわけがない。夜回りなら、真っ先に大家であるお美羽たちの家に、知らせに駆け込んで来ただろう。

「これは、妙なことになったな」

お美羽と同様に考えたらしい山際が、唸った。

「考えられるのは、付け火をした当人くらいしかない」

「自分で火を付けておいて、自分で知らせたんですか」

お美羽は首を傾げた。

「どうしてそんなことを」

「大火事にするつもりがなかったからだろう」

「長屋丸ごと燃やす気はなかった、てことですか」

そのまま返すように言って、お美羽はさらに考えを続けた。

「あの時、山際さんが素早く動いて下すったおかげで、塀が燃えただけで済みました。でも、みんながうろたえていたら、仙之介さんの住まいまで火が入ったかもしれません。それでも、焼け死んだりする人は出なかったでしょうけど」

「仙之介を殺したいなら、付け火などという面倒で不確かなことをせず、直に襲えばいい。現に、今回はそうなった。あれは明らかに、殺そうとしてやったことだ。とすれば、長屋の塀に火を付けた理由は何だ」

「あの付け火と仙之介さんが襲われたことは、全然別の話だった、とおっしゃるんですか」

お美羽はすっかりわけがわからなくなり、目を瞬くばかりだった。

山際が早速青木に頼み、青木が円劉に申し入れたところ、二日後ならばと返事が来た。やはり八丁堀を噛ませると話が早い。

その日、青木とは両国橋で落ち合った。山際にお美羽がついて来たのを見た青木は、顔を顰めたが、今に始まったことじゃねえなと諦めたように言い、そのまま歩き出した。

門前で案内を乞うと、さすがに今度は丁寧に迎え入れられた。四日前にお美羽が来たとき会った弟子は、幸い姿が見えなかった。

「これは八丁堀の青木様。わざわざお越しとは、どのようなお話でございましょう」

座敷で三人を迎えた円劉は、愛想よく言ってから、お美羽たちに顔を向けた。

「失礼ですが、こちらの方々は……」

「ああ、今度の一件にちょいと関わってるんで、来てもらった」

お美羽と山際が挨拶すると、円劉はどう対応していいのかわからないらしく、曖昧な笑みで応じた。

「早速だが、円劉さん。あんたは、恒徳さんとは前からの知り合いかな」

いきなり青木が恒徳の名を出した。円劉は、「はい、左様です」とすぐに答えた。動じる様子は微塵もない。

「恒徳殿の御名を出されるということは、寛永寺に奉納する地蔵菩薩のことでございますな」

円劉の方から言った。青木が訪れると聞いた時から、予想していたらしい。行人坂の大火の法要は、町奉行所も関わる話だから、そう考えること自体はおかしくない。

「こんなことを聞くのも何だが、奉納する地蔵菩薩は恒徳さんに頼むと、仮決めになってる。あんたとしちゃ、やはり面白くねえんじゃねえか」

「これは、ずいぶんと直截な」

円劉は苦笑を浮かべる。

「まあ……そうですな。言葉を飾っても仕方がない。私は、私の作こそ奉納するにふさわしい、と自負しております」

円劉はそう言い切って胸を張った。

「なるほど。この座敷に入る前、玄関と廊下にある作を拝見した。確かに見事なものと存ずる」

山際が脇から、円劉を持ち上げた。円劉の顔が綻ぶ。

「恐れ入ります。傲慢に聞こえるやもしれませんが、自分こそ最高のものを作っているという自負がなければ、奉納に値するものはできません。仏に対しても失礼になります」

「ごもっとも。感服仕った」

山際の言葉に、円劉の気分はさらに良くなったようだ。泥鰌髭を撫でながら言った。

「仮に恒徳殿に決まってはおりますが、あなた様のように目の利く方に仔細にご覧いただければ、改めて私の作をお取り上げいただけるものと考えております」

これは、恒徳を選んだ役人は見る目がない、と言っているも同然だ。ずいぶん強気だな、とお美羽は驚いた。

「そうかい。聞いたところじゃ、いろいろと上の方々に盛んに根回しに行ってるそうだな。巻き返しってわけかい」

青木は不快に思ったらしく、円劉が袖の下を使っているのを知ってるぞ、と匂わせた。円劉が笑みを消した。

「ご相談には、度々伺っております。このまま甘んじておるわけにはまいりませんので」

「ああ。ま、そうだろうな」

青木は鼻白むように言った。

「それで正直なところ、あんたから見てどうなんだ。恒徳さんの地蔵菩薩には、火除けの効能があると思うかい」

「これは、何をお聞きになるかと思えば」

円劉の口元に、馬鹿にしたような薄笑いが現れた。

「本来、霊験は信心によって生まれるもの。ただ普通に作っただけの地蔵菩薩に、そのような効能があろうはずはございません。もしあるとしたら、それはお求めになった方に菩薩にすがろうとの御心があり、熱心に拝むことを続けられた結果でしょう。最初から火事を防ぐことを期待して仏像を買い求めるのは、安易に過ぎると申すべきです」

これは正論、とお美羽は思った。お父っつぁんにも聞かせたいくらいだ。

「火除けの評判を過大に捉えて奉納の作を決めるのは、戒むべきと申されるのだな」

山際が言うと、円劉は青木の顔を覗き込んだ。

「御上が、そのような雑な決め方をなさることがありましょうか」

明らかな嫌味だ。円劉はなかなか太い奴らしい。それとも、ひどく苛立っているのか。

「御上はきちんと公平に見てるぜ」

青木は、じろりと円劉をねめつけて言った。円劉は、黙って見返している。

「ところで、三日前の夜、恒徳さんの弟子の仙之介ってのが誰かに襲われて、瀕死の大怪我を負った、てことは聞いてるかい」

「えっ、仙之介さんが」

円劉は目を剝いた。

「いったい、何者の仕業なんですか」

「そいつはわからねえ。今、調べてるところだ」

「何と、恐ろしい話で」

円劉は眉間に皺を寄せ、青木を見つめた。どうやら、お前が関わっているんじゃないのか、と青木が暗に言おうとしていると気付いたらしい。だが、敢えて「自分は何も知らない」などとは口に出さなかった。青木と円劉は、そのまま睨み合う格好になった。

「先月の初めには、仙之介の住む、このお美羽さんの入舟長屋に付け火があってな。幸い、こっちの山際さんの働きで塀が燃えただけで済んだが、どうも仙之介の住まいを狙ったらしい」

一呼吸置いて、青木がさらに言った。円劉が、また驚きを見せる。

「そんなこともあったのですか。でも、どうして仙之介さんを狙った付け火だと」

「こんなものがあるんだが」

青木は懐から例の紐を出して、円劉の前に押しやった。円劉は構えるような硬い顔つきで、紐を見下ろしている。

「こいつで、場所を測って火を付けたらしいんだ。ちょっと手に取ってよく見てくんねえ」

青木に促され、円劉は右手を出したが、すぐ左手を添えて両手で恭しく紐を捧げ持った。

「はて、何の変哲もない紐に見えますが」

「そうかい。なら、いい」

青木があっさり言ったので、円劉は怪訝な顔をしながら左手で紐を青木に返した。

「円劉さんは仙之介さんに、お会いになったことがあるのですか」

ここでお美羽が聞いてみた。円劉は、表情を緩めた。

「はい。なかなか腕も達者な人ですから、同業の仏師の間でも知られています。二月ほど前も、浅草寺でお会いしました」

「このひと月のうちでは、お会いになっていないのですね」

「はい、そうです」

円劉は淀みなく言ってから、また青木の方を向いた。

「お話は、他にございますか」

「いや、これだけだ」

「でしたら……」

この辺で、と言いかけたようだが、ふいに山際が口を出した。

「円劉殿は仏像を作られてから、銘などはご自身で書かれるのですかな」

「え、はい。私が書いております」

「では、書の方もかなりなさるのですな」

「いえいえ、つたないものでございます」

円劉は、謙遜しながらも妙な顔をしていた。山際が何を言いたいのかわからないようだ。

「如何でござろう。後学のため、地蔵菩薩の銘とはどのようなものか、例として一筆、お願いできまいか」

山際は言いながら、懐から懐紙を出した。

「このような紙で相済まぬが」

「は？　銘でございますか」

床の間の違い棚には、硯箱が置いてある。山際はちらりとそれに目をやり、何とか頼むというように上目遣いで円劉を見た。円劉は、困惑顔になった。

「はて、銘だけというのはいかにもおかしなことで」

「何なら、地蔵菩薩という文字だけでも構わぬが」

「いえ……それはご容赦のほどを。書の腕を売っておるわけではございませんし」

円劉は素っ気なく言って、頭を下げた。

「左様か。では、仕方ござらぬ」

山際は諦めて、懐紙をしまった。円劉は安堵したようだ。

「よろしければ、仕事が立て込んでおりますので」

「ああ、わかった。手間を取らせて申し訳なかった」

青木が言い、お美羽たちも揃って礼を述べると、席を立った。円劉はきちんと、式台まで見送りに出た。お美羽がそっと窺うと、その顔色はあまり良くないように見えた。

御蔵前通りに出て、諏訪町まで来たところで、青木が「ちょっと寄っていこう」と番屋を顎で指した。お美羽と山際はそれに従った。

戸の開く音で、舟を漕いでいた木戸番が飛び起き、青木の姿を認めると、「こ、こりゃあ旦那、御役目ご苦労様で」と頭をぺこりと下げ、奥へ駆け込んだ。青木は鼻で嗤って上がり框に腰を下ろし、木戸番が大急ぎで持ってきた白湯を啜ってから、言った。

「円劉ってなァ、どうも鼻持ちならねえ奴だな」

「腕に自信があるのは確かなようだ。だが、当人も言っていた通り、そうでなくてはああいう商売はできまいよ」

「山際さん、円劉さんの仏像を褒めてらしたようですけど、やっぱり見事な出来なんですか」

お美羽が問うと、山際は笑った。

「私に仏像の良し悪しなど、わかるものか」

「なんだ、はったりか。奴を持ち上げて口を軽くしようって魂胆だったんだな」

青木も笑う。

「恒徳のことが気に食わねえってのは、よくわかったよ。それでだ、山際さん」

青木が真顔に戻った。

「仙之介の話を出した時の奴の様子、どう思った」

「うむ。本当に驚いていたように見えたな」

山際が言うのに、青木も渋い顔で同意した。

「俺にもそう見えた。奴は、仙之介が襲われたこと自体、本当に初耳だったのかもしれねえが」

言いながらも、まだ青木は疑いを抱いているような口ぶりだ。

「紐を見せた時の奴の目付きが、ちっと気に入らねえな」

「と言うと？」

「いきなりあんなものを見せられたら、いったいこりゃ何だ、てぇ顔をするだろう。だがあいつは、硬い顔でただじっと見た。動じたと思われないよう、辛抱してたように見えた」

「なるほど、さすがによく見ているな」

「ふん。まあ俺もこの商売で飯を食ってるからな」

青木は満更でもない顔をして、腰の十手を叩いた。

「ところで山際さん、あんたいきなり奴の書いたものを欲しがったのは、何か意味があるのか」

それはお美羽も聞きたいことだった。円劉の銘など貰っても、役に立たないだろうに。

「円劉さんの書いた字を、何かと照らし合わせようとしたんですか」

聞いてみたが、山際は笑ってかぶりを振った。

「いやいや、筆跡が欲しかったのではないんだ。そんなものは、他でも手に入る。ただ、目の前で筆を使ってほしかったんだが、うまくいかなかった」

そこで青木が膝を叩いた。

「さては、利き腕がどっちか確かめようとしたのか。仙之介を襲ったのは、傷の具合から言って右利きだからな」

「いや、そうじゃないんだ。確かめたところで、大概の者は右利きだからな」

そりゃそうだな、と青木が頭を掻く。お美羽はもう一度聞いた。

「じゃあ、筆を使わせてどうするんです」

「まあ、ちょっと思っただけだ。今のところさほど意味はないんで、忘れておいてくれ」

山際は曖昧に言った。自分でも、自信がないような素振りだ。お美羽はちょっと引っ掛かったが、聞かずにおいた。

「まあいい。あの円劉だが」

青木は眼光鋭く言った。

「山際さんから聞いた時は、どうかなと思った。相手はそれなりの格のある仏師だしな。あんたとお美羽の話でなきゃ、蹴ってたとこだ。だが、こうして会ってみると、奴は確かに胡散臭い」

「おう、調べてくれるか」

「正直、奉納を争うためだけに付け火までするとは、信じ難いところもある。だが叩けば埃は出そうだ。ちょいと嗅ぎ回る値打ちはあるかもな」

青木はお美羽と山際を交互に見て、ニヤリとした。

「ねえねえお美羽さん、その後、大倉屋の若旦那とはどうなってるの」

手習いの席に座った途端、おたみが袖を引いた。

「どうなってるのって、どうもないよ」

「えー、駄目じゃん。もっと攻めなきゃ。搦め手から行くとか、外堀を埋めるとか」

「大坂城を落とすんじゃないのよ。向こうの考えだってあるでしょう」

お美羽は、四日前に会ったとき、勝太郎が円劉との関わりを誤魔化そうとしたのが、どうにも気になっていた。円劉と会って、どうも何かありそうな人物だとわかっただけに、余計不安になる。

「向こうの考えを知ろうと思ったら、何度も会ってお話しするしかないでしょ。それとも、誰か間に人を立てて、正面から行く？」

おたみは縁組の仲立ちを頼めと言っているのか。幾ら何でも急ぎ過ぎだ。それに相手は名の知れた大店。雇われ大家の娘とは落差があるので、仲立ちを頼むのもかなり大変だ。いや、もしかして青木が仲立ちをするつもりなのか……。

「ほらほら、赤くなってきた」

おたみに突っつかれた。どうもこういう話になると、すぐ思いが顔に出てしまう。

「ああもう、いい加減にして」

おたみに肘打ちを食わせると、今度は反対側からお千佳が言った。

「それじゃ、付け火の方はどうなったの。何か新しくわかった？」

お千佳は、西島屋をお縄にするのに一役買ってから、鼻息が荒くなっている。悪人捜しならいつでも手伝うという構えだ。やれやれと、お美羽は眉を下げた。

「ううん、まだ何も」

「そう言えば、三浦屋さんの寮が燃えてから、目立った火事はないよね。あれも付け火ってことでしょ。焼け死んだ人が出たので恐ろしくなって、付け火なんかやめちゃったのかな」

「だといいんだけど、咎人をお縄にしなきゃ、やっぱり安心できないでしょう」

おたみが横合いから言う。お千佳は、うーんと唸った。

「ねえお美羽さん、お美羽さんの長屋がボヤになる前、人のいない小屋とかが付け火で燃えたんだったよね」

お千佳とおたみにも、そのくらいのことはお美羽が話していた。

「うん。聞いてるだけで二件ね」

「そっちの方からは、何も出ないの？」

「え、そっちは……」

言われてお美羽は言葉に詰まった。そう言えば、亀戸と海辺大工町であった付け火の場所は、見に行ってさえいなかった。もしあそこが始まりだとすると……。

「お千佳ちゃん、よく言ってくれた」

お美羽は思わず、お千佳の手を握った。お千佳は、えへんと胸を反らせたが、たぶん何もわかってはいないだろう。

# 九

翌日、お美羽は朝から勝太郎を呼び出した。店の再開が近いので忙しいだろうと思ったが、勝太郎は大丈夫ですと言って出てきた。

「母に言いましたところ、お得意先などの挨拶回りはやっておくから、出かけて構わないということでした」

事実上の店主になっている勝太郎の母、お房は、女の細腕でさぞやてんてこ舞いをしているだろう。それでも勝太郎が出かけるのを許したのは、やはり付け火のことが一番の心配なのだ。

「済みません。お母様にもご厄介をおかけしてしまいますね」

「ああ、いえ。それで、付け火のことで確かめておきたいことがある、とのお話ですね。亀戸と海辺大工町に行くんですか」

「はい。ちょっと遠いですが」

なに構いません、と勝太郎は快活に言った。お美羽さんと一緒なら、などと付け加えてくれたら言うことはないのだが。

円劉の話は、出さなかった。大倉屋にもいろいろ事情はあるだろうし、調べが進めば勝太郎の方から言ってくれるのではないか、という期待もあった。今のところは、波風は立てないでおこう。

二人は両国橋を渡って、竪川沿いに東へ進んだ。川べりの並木はすっかり芽吹き、花の季節が訪れている。吹く風も、春の暖かさを含んでいた。何だか逢引きしているような気になってきたお美羽は、ちらちらと勝太郎の横顔を見た。火消の連中のような精悍さは全然ないが、優しげな目元が好ましい。

お美羽の視線に気付いた勝太郎が、こちらを向いて微笑んだ。

「いい季節になりましたね。少し歩くには、ちょうどいい」

「は、はい。ほんとに、そうですね」

上気して俯き加減になり、頭にちょっと手をやって、もっと上等の簪を挿して来れば良かったなどと、何しに来たのかを忘れかけているお美羽であった。

横川を北辻橋で渡って、お美羽の頭にも、本来為すべきことがようやく戻ってきた。ボヤのあった場所は、七組の米蔵から聞いてある。

「あの角を左に行った先らしいです」

お美羽は、二十間ばかり前を指して言った。ここは町奉行所支配の柳原町だが、一筋北に入ると亀戸村の百姓地や武家屋敷、御徒組の大縄地などが入り組んでいる。燃えたのは、その百姓地にある使っていない小屋だということだ。

角を曲がって十間も行かないうちに、それが見えた。

「あれです……かね」

勝太郎が指差すところを見ると、三十間ほど先の畑の隅に、燃えて黒くなった材木が積まれていた。すぐ先に武家屋敷の土塀があるが、近くに町家や百姓家はない。

「そうみたいですね」

辺りを見回すと、東側の畦道を鍬を担いだお百姓が一人、歩いていた。大声を上げて呼び止め、火事のことを聞いてみる。

「ああ、そこだよ。もうひと月も前さ。七尺四方の小さな小屋だったんだが、夜中に火が出て、あっという間に燃えちまった」

「付け火だと聞いたんですが」

「そうらしいね。火の気なんぞ何にもねえところだから、まあそうなんだろう。しかし、御役人も言ってたが、ほとんど何もねえ小屋に火を付けて、何がしたかったのかねえ」

「火事を見るのが好きだったんでしょうかねえ」

勝太郎が言うと、「かもなあ」とお百姓も首を傾げた。

「ここは、あっち側の先が見た通り土塀で、他の三方は畑になってる。近い家まで三十間近くあるから、飛び火するような大きな火事でなけりゃ、他へ燃え移ることはねえ。まあなんだ、燃えたのがそんなつまらねえ小屋で良かったよ」

お百姓は、それじゃあと言って鍬を担ぎ直し、畑の中に入って行った。お美羽と勝太郎は、小屋の跡に近付いた。そこだけは耕されておらず、地面が黒ずんでいる。積まれた燃え残りの材木に顔を近付けたが、ひと月も経っているので、さすがに油の臭いなどはしなかった。

「本当に、お美羽さんの長屋やうちの店に付け火をしたのと、同じ奴の仕業だと思われるんですか。見たところ、だいぶ違っているような」

勝太郎の言う通り、付け火だという以外に共通する何かは見えなかった。お美羽も少し首を傾げたが、いやそれでもとかぶりを振った。

「ここが燃えて四日後に海辺大工町。その二日後にうちの長屋。それから四日後に大倉屋さん。火消の頭に確かめましたが、この間に他の火事はありません。さらに言うと、ここでボヤが起きる前の丸半年、付け火による火事はなかったんです」

「なる……ほど。別々の付け火がそんなに固まって起きるのはおかしいですね」

勝太郎もお美羽の言うことに得心したようだ。じっと燃え残りを見つめている。

次は海辺大工町の焼け跡に向かった。横川に沿って小名木川まで下り、後は小名木川沿いに西へ。思ったほど遠くはなく、四半刻余りの道のりだった。

「ここです」

小名木川から少しばかり入った空き地を指して、お美羽が言った。そこは、奥の船溜まりに通じる短い水路の傍で、土蔵と高い土塀に囲まれた、猫の額より少しましなほどの土地だった。焦げた材木の残りが、先ほどの亀戸の焼け跡と同様、隅にまとめて積まれている。

「ここは、何だったんですか」

勝太郎が聞いた。

「この辺は、表通りに干鰯を売るお店が何軒かあるんですけど、以前に潰れた一軒が使っていた納屋です。誰も使わなくなってそのまま放ってあったそうです」

「結構建て込んでいるところですね。燃え広がらなかったのが不思議なくらいだ」

勝太郎は、四方を見回して言った。土蔵と土塀には煤が残っている。

「あの、勝太郎さん。ここ、似てると思いませんか」

お美羽の言葉に、勝太郎は怪訝な顔をした。

「似てる、とは」

「ここはだいぶ狭いですけど、土蔵と土塀に囲まれています。そのおかげで、火が移らなかった」

勝太郎が、はっとしたように目を見開いた。

「そうか……うちと同じですね」

勝太郎は煤けた土蔵の壁を見つめ、しばし考えてから言った。

「亀戸も燃え広がらないような場所だった。では、この一連の付け火は、大火事になり難い場所を選んで火を付けた、ということですか」

「だと思います」

「いや、しかし、どうしてそんなことを……」

「二通り、考えられます」

お美羽は言った。

「一つは、火事を見るのが好きだけれど大火事は恐ろしい、という奴が、一軒だけ燃えるような場所を探して火を付けた、ということです」

「ああ、それはわかります。もう一つは」

「はい。付け火の狙いは大倉屋さん一軒で、他の家にまで火が及ぶことは避けたかった。思惑通りの火事が起こせるか、亀戸とここで試してみた、というものです」

「うちだけを燃やす。なるほど。ではやはり、西島屋さんが——」

「いえ、西島屋さんは、火を付けたのは自分ではない、と頑(かたく)なに言い続けています。御役人も、そうお思いのようです」

勝太郎は眉をひそめた。

「では、いったい……」

「勝太郎さん、他に大倉屋さんに恨みを持つ人はいませんか。店を燃やすほどの」

「そ、そんな。そこまでされる覚えなど、とんと」

勝太郎の顔は、青ざめていた。


帰り道は、勝太郎が不安になって考え込んでしまったので、道行き気分どころではなかった。自分があんなことを言ったせいだから、仕方がない。せっかく二人で出かける機会だったのに、物事に白黒つけるまで詮索を続けてしまう自分の性分が、時に憎らしい。言葉数少なく、二人は歩いて行った。

その一方、お美羽はさっき話した考えで満足しているわけではなかった。勝太郎も言っていたが、亀戸の方は大倉屋と似ても似つかない。大倉屋に火を付けるための試しに二つも小屋を燃やす必要があったのか。それに、入舟長屋と三浦屋の寮の付け火は、何だったのだ。やはり地蔵菩薩が鍵になるはずなのだが……。

「勝太郎さん」

お美羽は、ふいに閃（ひらめ）いたことがあって勝太郎に声をかけた。考え事を続けていたらしい勝太郎は、びくっとした。

「は、はい。何です」

「大倉屋さんにあの地蔵菩薩があることを知っていたのは、お店の人以外にいますか」

勝太郎はいきなりの問いに驚いたようだが、すぐ答えてくれた。

「母が上得意のお客様にお話ししたことはあると思いますが、その程度ですね。あちこちにお知らせするようなことでもありませんから」

「そうですか。でも、真泉堂のあの読売には、地蔵菩薩のことも書かれていましたね」

そこで勝太郎は、顔を赤らめて俯いた。

「お恥ずかしい話ですが、火事の時、店の手代がつい漏らしてしまったのです。地蔵菩薩があったのにこんな火事になるなんて、と。それを聞きつけた誰かが読売屋に話したようで、母も怒って、後で手代をきつく叱っておりました」

やはりそうか。三浦屋はわからないが、少くとも大倉屋では地蔵菩薩のことを吹聴してはいなかったのだ。もし地蔵菩薩が大倉屋の火事に関わっているとしたら、付け火をした者はどうして地蔵菩薩があることを知ったのか。

そこでお美羽の頭に、円劉の顔が浮かんだ。円劉なら、同業の伝手で大倉屋に恒徳の地蔵菩薩があることを知っていたかもしれない。この前、勝太郎と会っていたのは、効き目のない恒徳の地蔵菩薩に代えて自分の地蔵菩薩を、という売り込みだったのではないか。大倉屋が乗り換えたとなれば、その噂を流して、奉納の地蔵菩薩には自分の方がふさわしい、と言い募ることができるだろう。が、勝太郎としては簡単に乗り換えたのが知れると、読売のことがまた蒸し返される上に、無節操だと揶揄されかねない。円劉と会っていましたね、と聞かれても、本当のことは言い難いだろう。

そういうことか、とお美羽は一人で得心した。少なくとも暗い雲が一つ、消えたような気がして、心が軽くなった。勝太郎の方は、そんなお美羽の胸の内も知らずに、まだ不安げな様子で黙々と足を運んでいる。

そのときである。ふいに、背中がぞくっとするような感覚に襲われた。ぱっと後ろを振り返る。棒手振りが一人、職人風が一人、浪人者が一人、同じ方向に歩いていた。が、お美羽たちに注意を向けている者はいない。

「どうかしましたか」

「ああ、いえ、何も」

お美羽は勝太郎に照れたように微笑んで、そのまま歩き続けた。だが、お美羽の勘が、囁いていた。どうしても拭いきれないこの気分。尾けられている。でも、誰が、どうして。


家に帰ってしばらくすると、山際が訪ねて来た。

「お美羽さん、さっき青木さんと話したんだが」

言いながら山際は、縁先に腰を下ろした。

「円劉について、少しばかり調べたそうだ。どうも円劉は、この半年ほど自分で仏像を彫っていないようだな」

「あら。全部お弟子さんが作っているんですか」

山際は、そうらしいと応じてお美羽が淹れた茶を啜った。

「意匠とか絵図も、だいたいのところを示して弟子に描かせているとか」

「そんなことで、奉納の地蔵菩薩を作れるんでしょうか」

「さあな。余程大事なものに限って自分が作る、という具合に値打ちを付けているのかもしれん」

それは、わからなくもない。しかし、御役人の上の方の心証は良くないだろう。

「まあそのせいか、近頃の円劉の仏像は、面白味に欠けるという評判だ」

「結局、恒徳さんの方が選ばれたのは、そのせいなんじゃありませんか」

火除けの評判だけでなく、腕前で真っ向から比べても上だとなると、円劉の拠り所は、昔から公儀の御用命に与っている、という縁だけになる。これでは、根岸肥前守様のように得心しないお方も出るだろう。

「円劉には、仙之介のように頼りになる高弟がおらんようだな」

「お弟子さんが皆凡庸で、後を継げるほど腕のいい人がいないわけですね。それなら……」

　嫉妬も加わって、恒徳の後継を潰すという理由で仙之介を襲う、というのは充分あり得る。山際は、そんなお美羽の考えを止めた。

「まだ慌てて決めつけない方がいい。ちょっと気になることがあるんだ」

　気になること、と言われてお美羽は首を傾げたが、すぐ思い出した。

「もしかしてそれ、円劉さんに字を書かせようとしたことと関わりがあるんですか」

　勢い込んで聞いたが、山際は「まあな」と曖昧に笑って、それ以上は言わなかった。

　次の日、昼前に寛次がやって来た。仙之介が、ようやく話ができるほどに回復したという。お美羽と欽兵衛は大いに喜び、早速お美羽が見舞いに行くことにした。

　道々、寛次が様子を話してくれた。

「今朝早くに、良伯先生から親分に知らせがありやしてね。親分が早速出向いたんです。仙之介はまだ横になったままだが、話はどうにかできるってんで、親分もこれで手を下した奴がわかると思ったんですが」

「ひょっとして、顔は見てなかった？」

「顔どころか、暗い中でいきなり後ろから頭をやられたんで、何が何だかわからねえそうです。で、親分は取り敢えず大家さんに知らせろと」

ああ、やっぱりな、とお美羽は嘆息した。あの場の様子から、そうではないかと思っていたのだが。今はとにかく、仙之介が無事助かったことが大切だ。

良伯のところは、医術を手伝う妻子と下働きの婆さん一人の、小さな所帯だった。表で寛次が呼ばわると、良伯の倅らしい若い男が、すぐ戸を開けた。

「ああ、お待ちしてました。どうぞ入って下さい」

案内されると、座敷の蒲団に仙之介が横になり、枕元に良伯が座っていた。怪我は頭の後ろなので、仰向けになれず横ざまに寝ている。隣の座敷には、喜十郎が控えている。良伯はお美羽を認めると、座れと手で示した。お美羽は、良伯の反対側の枕元に膝をついた。

気配に気付いた仙之介が、薄目を開けた。すぐお美羽とわかったようだ。

「ああ……お美羽さん。心配かけて……済みません」

ずいぶん細い声だった。頭をさらしでぐるぐる巻きにされた姿が、痛々しい。何とか身を起こそうとするのを、慌てて止める。

「動いちゃだめ。そのままにしてて。本当に災難だったわね」

「災難と言うか……何でこんな目に遭ったのか……どうにも」

仙之介は、本当に困惑しているようだった。

「後ろからいきなり、でしたね。相手が何者かは、まったく？」

「はい。男か女かさえ」

「ま、女にゃこんな力仕事はできねえだろうさ」

隣の部屋から、喜十郎が口を出した。お美羽はそれを聞き流して問うた。

「足音は聞こえた？」

「聞こえたような気がしたんですが……振り向く暇もなく。正直……落ちてきた瓦に当たったんだ、と言われても、そうかなと思うほどで」

つまり、尾けてきた相手に襲われたのではないわけだ。

「待ち伏せ、ですね」

お美羽は喜十郎の方を向いて、言った。

「らしいな。最初からこいつを殺る気だったんだ」

寝ている当人を前にあけすけな言い方だが、物盗りの線は捨てたということだ。

「でも……私は……恨まれる覚えなど……」

勝太郎と同じだ、とお美羽は思う。ならば、関わるものと言えば地蔵菩薩しかない。とすれば、やはり円劉が一番怪しい。お美羽は一つ気がかりだったことを思い出した。

「ねえ仙之介さん、七日前に付け火のことについて話した時、何か気になったような様子だったけど、あれ、何だったの」

もしかして、円劉について何か思い当たったのではないか、と思ったのだが、仙之介はぼんやりとした顔でお美羽を見返した。

「えっと……申し訳ねえ、何でしたっけ。頭がまだちっと、ぼやけてまして……」

「これ、あんまり頭を使わせてはいかん。当分安静にせねばならんのだ」

良伯に窘められ、お美羽は「済みません」と頭を引っ込めた。

「仙之介さん、ご免なさいね。もういいから、ゆっくり休んで」

仙之介は、「はあ」と漏らして目を閉じた。今の会話でも相当疲れたようだ。見舞いに来たつもりが問いかけばかりして、悪かったな、とお美羽は反省した。

「もう一度、恒徳さんと話をした方がいいかな」

その呟きが聞こえたようで、良伯が言った。

「恒徳って、この男の師匠か。あれは律儀なお人だな。この男がここへ運び込まれて以来、毎日様子を見に来ては、じっと枕元に座ってた。治療の邪魔だとどいてもらったこともあるが、ずいぶん弟子思いだと女房とも感心しておったんだ。今朝も仙之介が目覚めたと知らせたらすぐ飛んで来て、二言三言話してから、えらく安心した様子で帰って行ったよ」

へえ、恒徳ってそういう人なのか。お美羽は、ちょっと見直した。高慢そうな円劉とは、だいぶ出来が違うようだ。ならばやはり、奉納の地蔵菩薩には、恒徳の作るものがふさわしいと言えるのではなかろうか。

今川町の良伯のところから万年町の恒徳の住まいまでは、ほんの四、五町だ。お美羽は、ここまで来た足で恒徳のところに寄ることにした。喜十郎も、それなら俺もとついてきた。

「近いんだな。これなら、毎日見舞いに来るのもわかる」

喜十郎は、恒徳の家の前でそんなことを言った。遠かったら来ないいんじゃないか、とでも思っているのだろうか。

「これはお美羽さんと南六間堀の親分さん。よくお越しくださいました」

恒徳は愛想よく、二人を迎えた。

「先ほど、良伯先生のところに行ってきました。仙之介さん、目を覚まして本当に良かったです。安堵いたしました」

「恐れ入ります。命に別状なく済んで、何よりでした。良伯先生のお話では、五、六日で起き上がれるだろう、とのことです」

恒徳の顔色からすると本当にほっとしているようだ。それでも気分は上向いていないのか、全体に疲れが見えた。

「あの……まだご心配ですか」

「ああ、いや、仙之介のことではなく、三浦屋さんの寮の火事で」

ああそうか、とお美羽は得心した。恒徳の地蔵菩薩が燃えてしまったことで、また評判が揺らいでいるのだ。

「三浦屋の旦那さんが、私の地蔵菩薩は効かなかった、とあちこちに話しておいでで。さすがに私のところに怒鳴り込んできたりはなさいませんが」

恒徳が言うには、地蔵菩薩があるからと吹聴していたらしいので、いざ火事になって三浦屋としては引っ込みがつかなくなったのだろうということだ。恒徳のせいではないが、反論しても藪蛇(やぶへび)になりそうだ。

「そいつは、困ったもんで」

喜十郎の声音には、同情がさして感じられない。お美羽は仙之介のことに話を戻した。

「毎日お見舞いなすっていたとか。ご心配だったのですね」

それはもう、と恒徳は頷く。

「一番頼りにしている弟子ですから。万一のことがあっては、大変な痛手です」

「それなんですがね、恒徳先生」

喜十郎が口を出した。

「仙之介自身に恨まれるような心当たりがねえとすると、やっぱり恒徳先生に、その大きな痛手を負わせるために仙之介を襲った、としか思えねえ。この前、このお美羽さんがこちらで聞いた時、円劉ってぇ仏師の名前が出たでしょう」

恒徳が、ぎょっとしたように身を引いた。

「円劉さんをお疑いですか。前の時にも申しましたが、奉納の地蔵菩薩のためにそこまでするとは、さすがに」

「奉納のことだけでは、ありません」

お美羽が言った。恒徳は眉を上げる。

「先日、円劉さんにお会いしました」

これには、恒徳も驚いたようだ。

「円劉さんに。先方は、よく会ってくれましたね。割に気難しいお人なんですが」

「八丁堀の青木様に同道いただきましたので。おっしゃるように気難しいと言うか、随分とその、誇り高い方だと……」

「もう少し平たく言いますと、高慢、でしょう」

恒徳は苦笑を浮かべた。

「お会いになったのなら、遠慮することもありますまい。ええ、そういう人です。

私について、何か言っておられましたか」

「まあその……たぶん、ご想像通りかと」

円劉の言いようをそのまま披露するのは、憚(はばか)られた。恒徳は、わかりますよと手を振った。

「私の地蔵菩薩に火除けの御利益などあろうはずがない、御役人までそんな評判に引き摺られるなど、由々しきこと、などと言っておられたのでは」

「はあ……」

その通りなので、お美羽は曖昧に笑っておいた。

「まあ、円劉さんの立場から見ればそうでしょうな」

「三浦屋さんの一件で面倒なことになってる時に、なんですが」

喜十郎が蒸し返すように言った。

「火除けの効能と言うか御利益と言うか、それについちゃ先生ご自身はどう思ってなさるんで」

なんて失礼なことを、とお美羽は喜十郎を睨んだが、鋭い目付きで見返された。揺さぶって、もっといろいろ本音を聞きたいのかもしれない。

「そうはっきり尋ねられると困るが」

恒徳は頭を搔いた。

「まあ、言ってしまえば偶然でしょう。古来、修業を極めた仏師が仏像を彫ると、仏の化身が現れた、などという話はありますが、私の作が仏の御心に通じた、などと自惚れるつもりは毛頭ございません」

図らずも三浦屋さんの火事で、それを証明するような恰好になってしまったと、恒徳は自嘲するように苦い笑みを浮かべた。

「評判の方が勝手に広まった、と」

「読売屋さんとしては、売れるネタだった、ということですな。私も、せっかくの評判を自分から止めに行くことはしませんでしたから」

「そう正直に言われちゃ、しょうがねえや」

喜十郎も苦笑した。

「なら余計に、先生の評判を気に入らねえ仏師の方々も、少なからずおいでになるでしょう」

「円劉さん以外にも、ですか。それはそうかもしれませんな」

喜十郎は、やっぱりねえと頷いて、ちらっとお美羽に目を向けた。どうやら、考えていることは同じらしい。お美羽は話を引き取って、先を続けた。

「うちの長屋の火事ですが、仙之介さんを狙ったのは間違いないようですけど、殺したり大怪我させたりする気はなかったようなんです」

「ほう。と、言われますと」

恒徳は明らかに興味を覚えたようで、真顔になった。

「付け火があった時、誰かが大声で火事だ、と叫んだんです。声は長屋の外からでした。それで長屋の者が飛び起きて火を消しに走り、大事に至らなかったのです」

「その誰か、とは……通りかかった人……ではないのですね」

恒徳もお美羽が何を言おうとしているのか、わかってきたらしい。お美羽は頷いた。

「夜回りの人もいませんでした。付け火をした者自身が叫んだとしか思えません」

「それはつまり、付け火をした誰かは、大火事にしたくなかったということですか」

「はい。仙之介さんの住まいが焦げる程度、悪くても仙之介さんが軽い火傷をする程度で済ませる気だったようです。実際には、長屋のみんなの動きが早かったので、塀が少しばかり焼けただけで済みましたが」

恒徳の顔に困惑が浮かんだ。

「仙之介を焼き殺したかったのではない、と。しかし……」

「はい。清住町で仙之介さんを襲った人は、明らかに殺そうとしていました。やり口が全然違うんです」

「ではその……その二つは、別々の誰かが関わりなしにやったと言われるんですか」

「そういうことでさァ」

喜十郎が心持ち身を乗り出して、言った。

「で、改めてお聞きするんですがね。円劉の他に、先生に嫌がらせしそうな仏師なんぞに、心当たりはありやせんかい」

「い、いや、そう言われても……この人と名指しできるような相手は……」

恒徳の顔は、すっかり強張っていた。

# 十

その日のうちに、喜十郎は恒徳を快く思っていない仏師を探せと指図した。手下の下っ引きや仲間の岡っ引きがすぐに動き、お美羽が感心したことに、たった一日でネタが手に入った。

「郭元（かくげん）って奴だ。下谷車坂町（したやくるまざかちょう）に住んでる。年は恒徳の一つ上だ。昔は恒徳と一緒に仕事したこともあったようだな。未だに芽が出ねえで、貧乏暮らしのままだ」

入舟長屋に来た喜十郎は、意気揚々とお美羽に語った。

「それじゃあ、急に売れっ子になった恒徳さんが気に食わないでしょうね」

「そうよ。たまたま焼けなかった家に奴の地蔵菩薩があったからって、なんでこんなにもてはやされるんだ、おかしいじゃねえかって、酒が入ると文句たらたらだそうだ。仲間内でも、しつこい奴だって嫌われてる」

「でも、それなら恒徳さんを直に狙いそうですね」

「そこだ。奴はこうも言ってたらしい。恒徳は出来のいい弟子がいるから胡坐（あぐら）をかいてられるんだ、そいつがいなくなりゃ、あっという間に転げ落ちるに違いねえ、ってな」

どんなもんだい、と喜十郎は胸を反らせた。

「わあ、お見事です、喜十郎親分」

「あたぼうよ。俺が本気になりゃ、こんなもんだ。これからちょいと、奴の面ァ拝みに行ってくらァ。軽く締めてやりゃ、すぐ何か吐くに違えねえ」

どうやら、詰まりかけていた一件が、大きく動きそうだ。お美羽は肩が軽くなった気がして、喜十郎を盛んに持ち上げた。喜十郎はますます目尻を下げる。そこで言った。

「私も一緒に行っていいですか」

「何だって」

喜十郎の目が見開かれた。

「あのなァ、円劉みてえな上品ぶった奴とはわけが違うんだぜ。暴れだしたりしたら、どうするんだ。俺たちに任せとけよ」

「十手を前にしてそうそう暴れたりしないでしょう。親分が話をして、私がその郭元とかの様子を見る。言葉の端々に何か漏らすかもしれないでしょう。一人より二人の目があった方がいいんじゃないですか」

無理矢理の理屈だが、喜十郎はしばし思案するように目を左右に動かしてから、「しょうがねえな」と承知した。お美羽に何度も助けられていることを、天秤にかけたようだ。お美羽はぱっと笑みを浮かべ、「ありがとうございます」と礼を言った。

「欽兵衛さんには内緒にしとけよ。あまり心配かけるんじゃねえぞ」

喜十郎は親戚の親爺みたいなことを言って、傍らで控えていた下っ引きの甚八に、「おう、行くぞ」と顎をしゃくった。三人は揃って、車坂へと向かった。

郭元の住まいは、入舟長屋と同じありふれた九尺二間の棟割長屋だった。だが、こちらの方は手入れが良くないと見えて、長屋を囲う板壁のところどころに隙間や破れ目があった。こりゃ、雨漏りもだいぶしてるんだろうな、などとお美羽は思った。きっと店賃は、入舟長屋より安いだろう。

奥まった一軒の障子に、郭元と墨書きがしてあった。ここが郭元の住まい兼仕事場らしい。円劉や恒徳とは、実入りが天地ほども違うようだ。

「おう、郭元さん、邪魔するぜ」

喜十郎は返事も待たずに戸を開けた。中に座っていた男が、振り向いて睨んだ。それが郭元らしい。確かに恒徳と同じ年恰好に見えるが、顔は黒ずみ、下半分を無精髭が覆っている。あまり健やかな暮らしをしていないのは、一目でわかった。

「何の用だ。注文なら、今は立て込んでる」

郭元はそう言ったが、板敷きに筵(むしろ)を敷いた仕事場には、彫りかけの四尺くらいの仏像が一つ、あるだけだった。何の仏か、お美羽には見ただけではわからない。後は鑿などの道具と、隅っこに角張った太い木の切れ端が二つ三つ、というところで、およそ立て込んでいるようには見えない。

「注文じゃねえ。御上の御用だ。ちょいと聞きてえことがある」

喜十郎は十手を見せて、上がり框にどっかと座った。有無を言わせない、という態度だ。お美羽も座り、脇に甚八が立った。郭元は、こいつは何だと探る目でお美羽を見たが、特に何も言わなかった。

「何だ。さっさと済ませてくれ」

「あんた、恒徳さんとはどういう仲なんだい」

郭元の顔に、忽ち不快そうな表情が浮かんだ。

「同じ仏師、てぇだけだ」

「一緒に仕事したこともあったと聞いたがね」

郭元は、ふん、と横を向いた。

「昔、同じ師匠の下についてた」

「何だ、兄弟弟子だったんじゃねえか。へえ、驚いたね。恒徳さんの羽振りとは、偉(えれ)ぇ違いだ。どこでどう差がついちまったんだい」

喜十郎は、小馬鹿にしたような言い方をした。郭元を挑発して本音を引き出す気だ。

「何が差がついた、だ。ふざけるな」

郭元が目の色を変えた。割合、単純な男のようだ。

「大した腕でもないのに、たまさかあいつの地蔵菩薩を買った家が燃えなかった、てぇだけで、図に乗ってやがる。幾ら稼いでるのか知らねえが、あいつが作るものなんざ、百文でも高いくらいだ」

百文かどうかはともかく、恒徳も偶然売れただけというのは自覚している、と言ってやりたかったが、ここは勝手に喋らせておく方がいい。喜十郎は、思惑に嵌(はま)ったとばかりほくそ笑んでいる。

「恒徳にゃ、仙之介って弟子がいる。知ってるよな」

「ああ、知ってるとも。いい腕だ。あいつがいなきゃ、恒徳なんざ……」

そこで郭元は、ぎくりとしたように口をつぐんだ。仙之介が襲われたことを、耳にしているに違いない。

「恒徳なんざ、どうだってんだい」

喜十郎がニヤニヤしながら聞いた。郭元はそっぽを向いたまま、答えない。

「あんた、七日前の晩はどこで何してた」

「七日前？」

仙之介が襲われた夜だ。郭元も、それに気付いたはずだ。が、意外にも動揺を見せずに答えた。

「ああ、幡随院(ばんずいいん)の傍の居酒屋で飲んでたよ。ふくべ屋、って店だ。しばらくぶりに話をしたから、亭主も覚えてるだろ」

喜十郎は、肩透かしを食ったような顔をした。

「へえ……そうかい。じゃあ、先月の七日の夜はどうだ」

これは入舟長屋に付け火があった夜だ。今度は郭元は、開き直ったようにこちらを見据えて答えた。

「そんな前のことなんざ、知るか。たぶん、ここで寝てただろうさ」

そのことはこの長屋の他の住人に確かめなくてはならないが、曖昧な答えしか返ってこないだろう。郭元は、喜十郎に正面から向き合うと、さらに言った。

「あんたら、俺が仙之介を殺ろうとしたって思ってんだな。生憎だが、そんなことはしちゃいねえし、する気もねえ。確かに恒徳は気に入らん。だが、あいつは放っといても潰れる。だから俺は何もせん。まして弟子に手を出そうなんて、思ったこともない」

「何で恒徳が勝手に潰れると思うんだい」

喜十郎が聞くと、郭元はせせら笑いを浮かべた。

「さっきも言ったろう。所詮、偶然で成り上がった奴だ。奴の仕事には魂がこもってない。近いうち必ず、飽きられる。仏様は、ちゃあんと見ていなさるぜ」

お美羽には、仏像の良し悪し、仏師の腕の良し悪しなど、皆目わからないが、郭元の物言いは、ずいぶんと自信ありげだった。

「へえ、こいつァなかなか偉そうな台詞だな」

喜十郎は郭元をねめつけ、威圧するように言った。が、その実、次の手を考えあぐねているのがわかる。本音では、郭元をしょっぴいて番屋で責め立ててやりたいと思っているだろう。だが、捕縛するのは同心である青木の仕事であり、青木自身は公正で生真面目な男だ。証しもないまましょっぴけば、喜十郎が青木に大目玉を食うことになる。

喜十郎と郭元は、しばし睨み合った。埒が明かない、と思ったお美羽は、つい声を出した。

「円劉さんはご存知ですか」

「円劉だって？」

郭元は虚を突かれたらしく、鸚鵡返しに言ってお美羽を見た。困惑が表れている。

「おう、そうよ。円劉さんと仕事したことはねえのか」

喜十郎が続けた。お美羽の言葉で、円劉と郭元が連んでいることもあり得る、と気付いたようだ。

「ああ、まあな。実は、最近下請けで仕事をしたこともある」

郭元が少し俯き加減になった。

「お付き合いがあるんですね」

お美羽が確かめると、郭元は憤然とした。

「あんな尊大な奴と付き合うなんて、真っ平だ。昔は恒徳なんかより腕は上だったかもしれんが、今はもう駄目だ。なのに偉ぶり方だけは変わらんのだから、呆れたもんだ」

どうやら郭元は、円劉にだいぶ自負心を傷つけられたらしい。おそらく食い扶持のため仕方なく下請け仕事を受けたのだろうが、忸怩たるものがあったようだ。

お美羽は、ふと郭元の言い方が引っ掛かった。

「あの、円劉さんは今は駄目、とおっしゃいましたね」

「ああ、言った」

「どういう意味です」

お美羽は、一昨日山際から、円劉が半年ほど自分で仕事をしていない、と聞いたのを思い出した。それと関わることなのか。

「どういう意味って……ああ、あんたらが知るわけねえな。円劉が自分から言うはずもねえ」

郭元は、勿体を付けるようにふふっと笑ってから言った。

「円劉はなあ。半年以上前から、右手が半ば利かなくなってるんだ」


郭元のところからの帰り道、幡随院脇のふくべ屋に寄り、七日前のことを確かめた。郭元の言う通りだった。久々に仏像が売れて、少しばかりツケを払ったらしい。それで亭主も覚えていたのだ。付け火の夜については、確かめる術もなかった。

「やれやれ畜生、使えそうな筋が一本、消えちまったな」

喜十郎は歩きながら毒づいた。お美羽は郭元のことかと思ったが、違った。

「円劉だよ。右手がうまく使えねえんじゃ、仙之介の頭を殴ったのは円劉じゃねえ、ってことだ」

仙之介は右利きの者に殴られていたのだから、それは喜十郎の言う通りだった。

「でも、円劉さんみたいな偉ぶった人は、自分で手を下さないでしょう。誰か雇うんじゃありませんか」

「そりゃあそうだが、人を雇うならもっと確実に仕留めるだろう。二人か三人で匕首でも使やァ、まずお陀仏だ。一人だけで、後ろからぶん殴るってのはなァ」

それも一理ある。

「でも山際さんはさすがです。どうやら円劉さんの右手が良くないのに気付いてたみたいですから」

円劉と会ったとき、青木が差し出した紐を触る仕草で何かおかしい、と感じ取ったに違いない。それで、右手で字を書かせて確かめてみようとしたのだ。円劉が拒んだことで、やはりと確信したのだろう。それでも山際が曖昧な返事しかしないのは、それがどういう意味を持つかについて、まだ考えることがあるのかもしれない。

「へえ、そうか。やっぱりあの人の目は鋭いな」

さすがに喜十郎も感心した様子だ。そのとき、黙って従っていた甚八がすうっと喜十郎の横に来た。

「親分。動きやしたぜ」

「そうか。よし、見失うな」

甚八は「お任せを」と応じ、さっと後ろに下がった。お美羽は眉を上げ、「何事です」と小声で聞いた。喜十郎が口元だけで笑う。

「お美羽さんもそこは気付かなかったか。ま、そこが素人と玄人の違いだな」

一本取ったように悦に入る喜十郎を、お美羽は肘で小突いた。

「勿体ぶらないで教えて下さいな」

喜十郎は、目だけで後ろを示した。

「ずっと尾けてる奴がいたんだ。だいぶ手慣れた奴らしい。その辺で尾けるのをやめたんで、逆に甚八にそいつを追わせた。じき、何者かわかるだろう」

「えっ。尾けられる心当たりなんて、ないですけど」

「わかってらァ。付け火の連中が、こっちの動きを気にし始めた、ってことだろうぜ」

聞いたお美羽は、背筋がぞくりとした。一昨日、勝太郎と歩いている時に感じたのは、やはり間違いではなかったのだ。

家に戻ると、欽兵衛がそわそわしながら待っていた。

「ああお帰り。どこへ出かけてたんだい」

「うん、喜十郎親分と話してたの」

喜十郎が心配かけるな、と言った通り、郭元の尋問に同行したとは言わなかった。

「付け火の件か。何かわかったのかい」

「ううん、まだほとんど進んでない。で、お父っつぁん、何だか忙しないね。どうしたの」

「どうしたのって、明日は長屋の花見じゃないか。まさか忘れてないだろうね」

ああ、そうだった。考えることが多くて、忘れかけていた。だが、段取りはもう全て整えてある。

「大丈夫よ。仕出し屋さんは頼んであるし、朝からここで拵えるものも、用意できてる。重箱は、ほら、そこに出してあるでしょ。敷物の茣蓙は裏に置いてあるわよ」

欽兵衛は、やれやれと座り込んだ。

「そうか、それならいいんだ」

「心配なら、お父っつぁんも段取りをしてくれればいいのに。出歩くか日向ぼっこばっかり」

「その辺の猫みたいに言わないでおくれ。私が段取りしたら、抜けることばっかりで長屋のみんなから雨あられと文句を言われるに決まってる。お前なら安心だよ」

しょうがないわね、とお美羽は溜息をつき、台所に立って夕餉の支度を始めた。同時に、明日に備えて煮豆なども作っておく。今夜は忙しい。

後ろで欽兵衛が、のんびりした声で「後は天気だねえ。お稲荷さんにお祈りしておくか」などと言っている。お美羽は外を見やった。

「夕焼けよ。明日は大丈夫。みんな楽しみにしてるんだから、神様も気遣いしてくれるよ」

子供たちが、はしゃぎながら帰ってくる声が聞こえた。きっと花見のことで浮き立っているのだろう。お美羽は微笑みを浮かべた。

暮れ六ツの鐘が鳴る頃、縁先に甚八がやってきた。欽兵衛が「やあ」と言って話に出ようとするのを遮り、お美羽は下駄をつっかけて甚八を木戸の脇まで引っ張った。

「昼間、私たちを尾けてた奴のことね」

「へい。親分から、お美羽さんにも知らせとけって言われやして」

「わかった。それで、いったいどこのどいつだったの」

「下っ引き崩れの、神田久右衛門町（きゅうえもんちょう）の伝助（でんすけ）って奴で」

なるほど、手慣れた奴と喜十郎が言っていた通りだ。

「誰かに雇われてんでしょうね。雇い主は？」

「へい。それもまあ……奴が入って行った家があるんで、そこに違えねえと思うんですが、ちいっと妙な感じで」

急に甚八の歯切れが悪くなった。得心のいかないことがあるのか。

「妙って、どこだったの」

「それが……奴が入ったのは、大倉屋なんです」

## 十一

翌日は、雲は多めなものの、まずまずの晴れであった。入舟長屋の面々は、欽兵衛とお美羽の先導で、朝から列になって出かけた。目指すは、向島の大川端。みんな、丸めた敷物を担いだり、重箱の入った風呂敷包を提げたり、酒の小樽や大徳利を抱えているので、一目で花見とわかる。道々、それほどの暇も懐の余裕もない連中から、羨ましそうな視線を浴びた。

すっかり日も高くなった頃、向島に着いた。先客たちがあちこちに毛氈(もうせん)や茣蓙を広げ、気の早い連中は真っ赤な顔で踊ったり、くだを巻いたりしている。

「いやあ大家さん、花は盛りを過ぎかけてるってのに、結構な人出ですねえ」

辺りを眺め渡し、栄吉が言った。その通り、桜は半分ほどが満開、半分ほどが散り始めという具合で、早くに来た人たちが満開の桜の下に座を占めている。お美羽たちはあちこち見定めて、少し葉は出たがまだまだ花は一杯の木を選び、その下に集まった。枝からはひっきりなしに花弁(はなびら)が舞い、早くもお椀に注がれた酒の上に、ひらりと落ちた。

「へえ、こいつは風流だ」

菊造が花弁を見て言うと、栄吉がその頭をはたいた。

「てやんでえ、てめえが風流なんて言うガラか」

「何だと馬鹿野郎。俺だって風流くれえわからァ」

「だったらどんなもんが風流なのか、言ってみろ」

「そりゃおめえ……その、何だ、ふうっとしてりゅうとしたもんが、だな」

「わけわかんないよ、駄目だねえ」

お喜代が横で笑い、菊造は照れ隠しに椀の酒を一気飲みした。

「あっ、この野郎、そんないっぺんに……花弁まで飲んじまって」

「おう。これで腹ん中まで風流になった気がすらァ」

そんな他愛もない会話を、皆が繰り広げている。仕事や様々な都合があって来られなかった者もいるが、四十人ほどが顔を揃えていた。長屋の住人たちにとって、年に一度の楽しみだ。

「花弁、とっても綺麗」

敷物の上に舞い落ちた花弁を拾い集めていた香奈江が、嬉しそうに言った。盃を手にした山際は、目を細めている。

「こういうお花見は初めてですが、賑やかなものですねえ」

千江が感心したように言った。相模（さがみ）から出てきて、初めての江戸の花見だ。無論、相模にも桜はあるはずだが、こんなに大勢が集まって楽しむ光景は見たことがないのかもしれない。

「仙之介さんは、来られなくて残念でしたが」

回復しつつあるとは聞いていても、やはりまだ千江は心配のようだ。

「もう何日かで戻って来れるって、良伯先生も言ってましたし。大丈夫ですよ」

お美羽が言うと、千江は安堵したように微笑んだ。

「千住の先の方は、少し霞んでるねえ」

欽兵衛が、大川の先の方を指して言った。

「ほんとね。春霞ね」

言ってからお美羽は、つい一連の付け火のことに考えが行ってしまった。あちらも、春霞がかかった如く、結末が見えそうで見えない。昨日、甚八が知らせてきた話は、どう繫がるのだろう。勝太郎の顔が浮かぶ。円劉と会ったのを誤魔化した理由は、本当にお美羽が考えた通りだったのだろうか……。

「来年辺りは、飛鳥山(あすかやま)なんぞに行ってみてえもんだな」

菊造の無邪気な声で、我に返った。

「贅沢言っちゃいけないよ。うちからじゃ、だいぶ遠いんだ。確かにあそこはここ以上に眺めが良くて、小屋掛けの店なんかもたくさん出てるとは聞くが」

窘める欽兵衛も、内心では行きたそうだ。お美羽は、それを察して笑った。

「いっそ寿々屋さんにおねだりして、料理屋の仕出し付きで飛鳥山へ繰り出すのもいいんじゃない？」

「おっと、そうこなくっちゃ。さすがお美羽さんだ」

「ただし、店賃を溜めて払ってない人は、外すわよ」

ええっ、そんなと、菊造が情けない顔をした。

「これこれお美羽、勝手なことを言うんじゃないよ」

欽兵衛が苦笑しつつ手を振った。

「まあ、今日ぐらいは店賃の話はやめておこう」

「へへ、大家さんは話がわかる」

もみ手をしそうな菊造に、お美羽がぴしゃりと言った。

「その代わり、明日は二日分まとめて責め立てるから、覚悟しなよ」

「ひゃあ、安達ケ原（あだちがはら）の鬼……」

「婆、って言ったら、店賃倍増しね」

ああもう、くわばらくわばら、と菊造が頭を抱え、皆が笑った。お美羽も、もやもやした気分が一時、すうっと晴れた。

日が傾き、重箱も大徳利も空になった頃、一同は腰を上げて長屋へと歩き出した。香奈江は名残惜しそうに何度も桜を振り返っている。男衆の半数ほどは、足元がすっかり覚束なくなっていた。

「みんな、ちゃんと歩いてよ。大川に落っこちても知らないからね」

大丈夫大丈夫、足はしっかりしてるぜ、と、一番危なっかしそうな菊造が言った。しょうがないなあ、とお美羽は溜息交じりに腰に手を当てる。

ふと道標を見て気付いた。ここから左に道を取れば押上だ。三浦屋の寮のことが、つい頭に浮かんだ。押上を通って横川沿いに南に歩けば、帰り道としてさほど遠回りにはならない。いい機会ではないか。

「お父っつぁん」

お美羽は欽兵衛に声をかけた。

「ちょっと押上に寄って帰ろうと思うんだけど。お父っつぁんは、みんなを連れて先に帰ってて」

小声で言うと、欽兵衛は眉間に皺を寄せた。

「押上だって。さては三浦屋さんの寮の焼け跡を見に行くのか」

「察しがいいわね」

「そりゃあ良くないよ。途中で日が暮れてしまうし、娘一人じゃ危ない」

「それなら、私も行こう」

声に振り向くと、いつの間にか山際がすぐ後ろに来ていた。

「え、でも千江さんと香奈江ちゃんは」

「みんなと一緒に賑やかに帰れば大丈夫だ。私も、寮の焼け跡は見てみたい」

「うーん、そうですか」

欽兵衛は、お美羽と山際を交互に見て、仕方ないなという風に言った。

「それじゃ山際さん、お願いします」

山際は千江と香奈江に事訳を話し、欽兵衛はお美羽に遅くならないようにと念を押した。二人は、おいおいどうしたんだいと言う長屋の連中に手を振り、左に分かれて進んだ。

田んぼから帰る百姓に道を聞き、四半刻ほどで焼け跡に着いた。亀戸の方に抜ける街道から少し入ったところで、周りには大店の寮と百姓家が点在している。緑多く、閑静な場所であった。

寮があった場所は、生垣に囲まれていた。敷地の広さからすると、立派な建物だったようだが、今は廃材も片付けられ、炭になった柱のなれの果てと、黒ずんだ地面が残るだけであった。生垣も半分は焦げ、柴折戸(しおりど)も燃えてしまっている。ここで人が死んだことを思い出し、お美羽は焼け跡に手を合わせた。

「ものの見事に丸焼けだな」

山際が敷地の中を確かめて、言った。

「相当大きな火事だったろうが、ここじゃ近所のお百姓が集まって、桶で水をかけるくらいしかできないな」

ここは江戸の外側で、町火消の縄張りではない。火事になったら、押上村の中で何とかするしかない。

「でも、これだけ家と家が離れていれば、火消がいなくても燃え広がることはまずありませんね」

「それはそうだ。やはり家がびっしり建て込んだ江戸の町というのは、どうしても火に弱い」

山際は、田舎と江戸では火事の意味合い自体が大きく違うな、と今さらながら得心したように言っている。その一方、お美羽は何かが気になっていた。火事の意味合い……。

「何だか、違いますね」

つい口に出した。山際が怪訝な顔をする。

「違う、とは」

「大倉屋さんの火事と、です。あっちは、土蔵と土塀に囲まれたところを、昼前に雨が降って木が湿っていた晩に、大火事にならないと見越して火を付けた。しかも、納屋を燃やして、確かめてからやったみたいです。つまり、丸焼けにならないように慎重にやった。なのにここでは、そんなことおかまいなしに、丸焼けにした」

「だからそれは、大倉屋が丸焼けになれば延焼は避けられず、大火になるからだろう。ここなら、その恐れはない」

「だったらここと同じように、家と家がくっついていないところばかり狙えばいいでしょう。もし私たちが考えたように、地蔵菩薩のある家が狙いだったとしても、です」

「それは……大倉屋に火を付けたかった理由があるからだろう」

「初めに戻っちゃいますよ。そんな理由の心当たりは、大倉屋さんにはないそうです」

山際の顔に困惑が広がった。

「どういうことなんだ」

「わかりません。でもここは、ただ火を付けるだけでなく、初めから丸焼けにするつもりだった。そんな気がします」

焼け跡を見つめてお美羽は言った。そこでふと思う。ここは亀戸に近く、すぐ傍に家がないところも亀戸と似ている。亀戸の付け火は、ここを燃やす試しにやったのでは？　いや、それにしては日数が開き過ぎている……。

結局、お美羽の考えもまだ、感じただけで形をなしてはいなかった。

田畑や雑木林の間を抜け、四ツ目通りに出て南へ歩く。四ツ目之橋を渡って右に折れ、竪川沿いに進む頃には、店々の提灯に灯が入り始めていた。

「だいぶかかってしまったな。お美羽さん、疲れたんじゃないか」

山際が気遣ってくれる。また胸の奥が、微かにちくりとした。

「大丈夫ですよ。私から押上に寄ろうと言い出したんですし。ほら、もう二ツ目之橋が見えてきましたよ」

橋の袂で左に折れれば、北森下町はもうすぐだ。昼間たらふく腹に入れているし、夕餉は残り物と味噌汁くらいで充分だろうから、急ぐ必要もない。

橋の袂を曲がろうとしたとき、両国の方から喜十郎が歩いて来るのが見えた。脇に甚八と寛次を従えている。足を止めると、喜十郎もこちらに気が付いて、手を上げた。

「おう、何だ。山際さんとお美羽さんじゃねえか。今日は花見じゃなかったのかい。二人して、何やってんだ」

隠れて逢引きでもしてたのか、と疑うような目でお美羽たちを見る。お美羽はむっとして喜十郎を睨んだ。

「花見の帰りに押上村に寄ったんです。三浦屋さんの寮のところ」

お美羽は、手短に焼け跡を見に行ったことを話した。ただし、そこで感じた火事の違いについては、話さなかった。言っても、喜十郎にはうまく伝わらなかったろう。

「そうかい。焼け跡見物か」

喜十郎は、花見の続きであるかのように言った。

「こっちは、あんたらが遊んでる間に、きっちり仕事してきたぜ」

「へえ。何をお調べになったんです」

「うん、そいつはな……」

喜十郎は、しばし躊躇(ためら)った。が、自慢したい気持ちの方が勝ったようだ。甚八と寛次に、先に帰ってろと指図し、すぐ近くにある番屋を指した。

「立ち話はまずい。そこを借りよう」

喜十郎は真っ直ぐ番屋に歩み寄り、戸を引き開けて「ちょいと邪魔するぜ」と木戸番に声をかけてから、二人を手招きした。お美羽は山際の方に顔を向け、小さく頷いた。山際も頷きを返す。喜十郎の様子からすると、面白いネタが聞けそうだ。

「昨日、郭元が、円劉の右手がよく利かねえって話をしてたろ」

上がり框に腰を下ろすなり、喜十郎が言った。山際が眉を上げる。そう言えば、まだこの話は山際にしていなかった。お美羽は喜十郎に少し待ってと言い、山際に昨日の話をした。

「そうか。やはり円劉は右手が」

「ええ。山際さんは、円劉に会ったときお気付きになったんですね」

「確かめようとして、うまくいかなかったがな」

「でもあんな些細な動きでお気付きになっていたとは、さすがです」

喜十郎が苛立ったように遮った。

「とにかくそいつを確かめておこうと思いやしてね。右手ってなァ、奴にとっちゃ商売道具だろ。放ってるわけはねえと思って、鍼(はり)医者を当たったんでさァ」

「鍼か。なるほど、いい所に目を付けたな」

山際が褒めるように言った。喜十郎は気を良くしたようだ。さらに舌が滑らかになる。

「今朝から三間町に近い鍼医者を、片っ端から当たりやした。そうしたら、下谷の報恩寺前の鍼医者にかかってたことがわかって」

「医者から話を聞けたのか」

「へい。この医者、ほとんど毎晩、円劉のところへ通ってるんで。ところが、十一日前と先月の七日は、来なくていいって言われたそうでね」

「十一日前と先月七日の晩って……」

お美羽は意味するところがすぐにわかり、声を上げた。三浦屋の寮と入舟長屋が付け火をされた晩だ。

「それ、もの凄く怪しいじゃないですか」

山際は、もう少し慎重だった。

「先月十一日はどうなんだ。大倉屋の火事の晩は」

「いや、その晩はいつも通り、鍼を打ったそうですが……」

喜十郎は顔を顰める。

「でもねえ。鍼を断ったのが二度だけで、どっちも付け火の晩ってのは、偶然にしちゃ出来過ぎでしょう」

「それは親分の言う通りだ」

山際は喜十郎の言い分を認めながらも、なお言った。

「しかし、付け火に直に繋がる証しはないんだろう。しょっぴけるか」

「いや、それは……」

喜十郎の顔からさっきの自信が消えた。青木に話したら、もっと証しを集めろと言われるのが目に見えているからだろう。そこでお美羽が言った。

「親分、円劉さんをしょっぴかないまでも、番屋に引っ張り出すことはできますか」

「あァ？　そのぐらいはできるが、どうしようってんだ」

「少しばかり、考えがあるんです」

翌朝、住まいからほど近い諏訪町の番屋に呼び出された円劉は、不機嫌を絵に描いたようであった。

「いったい何なんですか。話なら、私のところでいくらでも聞く。何でわざわざ、こんな狭い……」

「まあまあ、そう怒りなさんな」

青木が宥めた。喜十郎の話だけでは不満そうだった青木は、お美羽の考えを聞いて、乗っかることに決めたのだ。

「ところで円劉さん、右手の具合はどうだい」

円劉は、ぎくっとして左手を右手に当てた。

「どうして知ってるんです」

青木は薄笑いを浮かべ、腰の十手を叩いた。

「ま、こういう生業だと、自ずと耳に入ってくることもあるんでね。報恩寺前の鍼医者にかかってるそうだが、先月の七日と二十五日は、あんたの方から断ったそうだね。どうしてだい」

「そりゃあ、仕事や来客の都合で断ることもある。だから何だと言うんです」

黙って隅に控えているお美羽は、円劉の顔をじっと見た。心なしか、青ざめているようだ。

「だから何だと言われても困るが、その日はこっちも訳ありでね。良かったら、どんな仕事でどんな客があったか、聞かせちゃくれませんかね」

「そう言われても……」

円劉が口籠もった時、番屋の戸が勢いよく開いて、喜十郎が入って来た。喜十郎は円劉には構わず、青木の傍に寄って耳打ちした。青木は「そうか」と頷くと、ぱっと立ち上がった。

「悪いな円劉さん。ちょいと野暮用だ。そうはかからねえから、済まねえが戻るまで待っててくれ」

言うなり青木は、円劉が文句を言おうとするのにも構わず、さっと身を翻して番屋を出た。喜十郎とお美羽も後に続いた。

外に出た青木と喜十郎とお美羽は、すぐに裏手に回った。そこでは、山際と甚八、諏訪町の木戸番が、七輪二つを囲んで待っていた。後ろには、お喜代もいる。

「よし、用意はいいか」

青木が言うのに、皆が頷く。

「お喜代さん、無理言ってごめんね」

お美羽が謝ると、お喜代は、とんでもないと手を振った。

「そりゃあ、こういう頼みとあっちゃね。うちの子は千江さんが見てくれてる」

そう言うお喜代は、寧ろ楽しそうだった。

「よし、始めろ」

青木の指図で、炭が燃えていた七輪に、油の浸みたぼろ布や木屑が突っ込まれた。忽ち火が移り、煙が濛々と上がりだす。その間に甚八が表に回り、戸につっかい棒を支って開かないようにした。

煙の上がる七輪を、細目に開けた窓障子と掃き出し口に近付け、団扇であおいだ。番屋の中に、煙がどんどん入り込む。しばらくすると、中で円劉が咳き込むのが聞こえた。

煙が番屋の中に立ち込め、辛抱できなくなった円劉が立って動き回る音がする。やがて表で、戸がどんどんと叩かれた。

「おおい、誰か、誰かいないのか。ここを開けてくれ」

円劉が大声で呼ばわった。だいぶ焦っているようだ。

「聞こえんのか。誰かいないか。火事だぞ、火事」

呼んでも応えがないと知って、円劉は声を張り上げた。

「火事だーッ、火事だぞーッ」

お美羽はお喜代の方を見た。お喜代が、ぐっと拳を握りしめる。お美羽は振り返り、青木に目配せした。青木は甚八たちに、「よし、もういい」と告げ、火を消すよう手で合図した。甚八と木戸番が、七輪を下げて水をかけた。

山際が表に回り、つっかい棒を外した。いきなり戸が開いて、円劉が飛び出して来た。

「ええ、まったく、どうなってるんだ。火は消えたのか。みんなどこへ……」

その時、表側に出てきたお喜代が円劉を指差した。

「間違いない、この声だ。付け火の時、火事だって叫んだのは、この人だよ」

円劉の顔から、血の気が引いた。

まだ煙の臭いが消えない番屋で、円劉は土間の筵に座らされた。周りを青木やお美羽たちに囲まれ、見下ろされている。円劉は、青ざめたまま落ち着かない様子で、顔を左右に動かしていた。

「入舟長屋の裏の塀に火を付けたのは、あんただ。言い逃れはできねえぞ」

「い、いや、そんな。長屋の一人が私に似た声を聞いたというだけで……」

円劉は、まだ抗っている。青木は、言い逃れなど許す気はないとばかりに、せせら笑った。

「あの刻限じゃ、町木戸は全部閉まってる。付け火に出向くにゃ、木戸を通り抜けなきゃならねえ。普通じゃ咎められるが、医者と産婆は別だ。で、泥鰌髭生やしたあんたの風体、薬箱に見立てた道具箱でも提げりゃ、医者に見える」

「な、何を言い出すんだ」

円劉が震え始めた。

「三間町から北森下町までの道筋の木戸番に話を聞いたら、確かにあの晩、医者だって奴が夜中に一人、通ったってよ。何なら、木戸番の雁首揃えて、面通しするかい?」

円劉が、がっくりと肩を落とした。

「もう一ぺん聞くぜ。入舟長屋の付け火は、あんたの仕業だな」

青木の責めに、円劉は俯いたまま、「そうだ」と呟くように言った。

「三浦屋の寮に火を付け、居合わせた爺さんを死なせたことも、認めるな」

これには円劉は答えなかった。三浦屋の寮の付け火は、動かぬ証しが出ていない。自分ではないと言い募ることも、できなくはないはずだった。もっとも、青木は認めまいが。

青木は黙って円劉を睨んでいた。まだ正式に捕縛はしていない。力ずくで吐かせるつもりは、今のところないようだ。だがその目付きは、円劉の着物が燃え出すのではないかと思うほど、厳しいものだった。お美羽たちは、身じろぎもできずじっと待った。

どれくらい経ったろうか。ふいに円劉が、ぼそりと漏らした。

「あそこに人が寝てるなんて、知らなかった」

青木が、ほうっと息を吐いた。

「だろうな。あんたとしちゃ、寮が燃えるだけで充分だ。あの爺さんが勝手に入って寝てるなんざ、わかるわけがねえ」

青木は、円劉を安心させるかのように言って、顔を近付けた。

「あっちは、木戸を抜けた様子がねえ。大川を舟で渡って、小梅村（こうめむら）辺りまで乗り付けたんだな。違うか」

「その通りだ。船頭には酒手を充分過ぎるほどはずんで、黙らせた」

青木は、よしよし、と円劉の肩を叩いた。

「じゃあ、まず入舟長屋の方から聞こう。あそこに火を付けたのは、仙之介を狙ったんだな」

「……ああ、そうだ」

「どうしてあいつを狙ったりしたんだ」

「仙之介に恨みがあったわけではない。だから、殺すつもりも大火事にするつもりもなかった。ボヤでよかったんだ」

「恨みがなかったなら、何のためだ。恒徳か」

恒徳の名を聞いて、円劉が顔を歪めた。

「恒徳めが。あんなぽっと出の男が、さほどに秀でた腕でもないのに、どうしてもてはやされるのだ。誰も彼も、見る目がない。どうかしている」

円劉が一気に喋り、お美羽はちょっと引いた。郭元もそうだが、仏師たちの恒徳への妬みは相当なもののようだ。

「そうかい。それで、恒徳の評判を落とそうと、いろいろ企んだわけだな」

青木が心得顔で言った。円劉の自白は、青木の思うように進んでいるらしい。

「ああ。一番弟子の家が焼けたら、恒徳の火除けの評判に傷が付く、と思った。弟子の家さえ火から守れないのだ、とな。所詮、世間の勝手な評判だけで成り上がった男だ。評判が消えればすぐに地に墜ちる。世間は、持ち上げるのも早いが見限るのも早い」

郭元も同じように言っていたな、とお美羽は思い出した。確かに世間とはそんなものだろうが、円劉たちの考えもまた、単純過ぎるような気がした。

「そのために、紐で仙之介の家の裏までの距離を確かめて、火を付けたのか」

「そうだ。だが、知っての通り右手が、な。火打石は使えたが、紐をしまう時に取り落としてしまった」

「おかげでこっちは助かったがね」

喜十郎が、小声で呟いた。

「で、ボヤは出してみたものの、思惑通りには運ばなかったんだな」

「世間では、全く評判にならなかった。恒徳と結び付けて噂する者も、いなかった。火事が小さ過ぎて、誰も気にしなかったんだ」

「小さ過ぎた、ですって？」

火を付けられた側にとっては、そんな言いようは許し難い。お美羽は嚙みつきそうになり、山際に止められて座り直した。

「そうかい。それで次は、もっと騒ぎになるよう、恒徳の地蔵菩薩を置いてある大店を狙ったわけだな。で、大倉屋に火を付けた」

青木が言った途端、円劉が目を剝いて叫んだ。

「ち、違う！　大倉屋に火を付けたのは、私じゃない」

「何だと！　今さら何を言いやがる。大倉屋の裏の焼け跡には、お前が入舟長屋で使ったのと同じ紐が落ちてたんだぞ」

「その紐は、私のじゃない。もし私がやったのなら、二度続けて紐を落とすほど、間の抜けたことはしない」

青木の眉が動いた。その点については、青木も思わないではなかったらしい。円劉はさらに食い下がった。

「なあ信じてくれ。大倉屋は私の仕業じゃない。あの晩は、鍼を打った後で料理屋に……」

「料理屋だと？　どこの店で、誰と行ったんだ」

「それは、池之端の……」

言いかけて円劉は、ぎくっとしたように言葉を止めた。口は半開きのままだ。

「料理屋なら証人がいるだろ。言ってみろよ。それとも、口から出まかせか」

青木が迫ると、円劉は目を左右に振った。

「しょ、証人は……」

「表には出せない会合をしていた、ということかな」

山際が、脇からいきなり言った。図星らしく、円劉が目を瞬き、俯き加減になった。青木は、むっとしたように山際を見たが、思い当たることがあるようで、すぐに表情を緩めて円劉に目を戻した。

「どうしても言えねえってのかい」

もう一度聞くと、円劉は何か思い付いたらしく、ぱっと顔を上げた。

「そ、そうだ。木戸番だ。大倉屋が燃えたのも、夜中だろう。あの晩は、木戸が閉まってから一度も外には出ていない。あんたが言ったように、木戸番に面通ししてもらえれば、わかるはずだ」

青木が顔を顰めた。さっき円劉を追い込むために言ったことを、逆に円劉から求められたのは意外だったようだ。青木は一旦、矛を収めた。

「よし、大倉屋は後にしよう。次は三浦屋だ。あの寮を狙ったのは、恒徳の地蔵菩薩が置いてあると知ってのことだな」

料理屋の話を先送りにされ、円劉は一息ついたようだ。おとなしく話した。

「三浦屋さんは、あそこには火除けの地蔵菩薩があるから安心だ、恒徳に特に頼み込んで彫ってもらったんだ、と知り合いに吹聴していた。多くの人が恒徳の地蔵菩薩があると知っている家が丸焼けになって、地蔵菩薩自体も燃えてしまったら、さすがに評判に傷が付く。そう考えた。こっちはほぼ思った通りに運んだんだが……」

円劉はそこでまた俯き、唇を嚙んだ。

「人死にが出るなんて、思わなかった、か」

「申し訳ないことをした」

円劉は肩を震わせた。今さら申し訳ないなんて、付け火なんかしなければ、人が死ぬことはなかったのに、とお美羽は腹立たしく思った。そもそも、どうして……。

「恒徳の評判を落とそうとしたのはわかった。だがあんた、なんでそのために付け火までしたんだ。どれほどの重罪かわかってるだろう。そんなに切羽詰まってたのか」

青木が、お美羽の思いを引き取ったように言った。

「奉納に選ばれる機会を逸したって、後で巻き返せるだろう。そうは思わなかったのか」

青木がさらに言うと、円劉は苦しそうな顔つきになった。

「それは……」

「右手のことで、焦っていたのか」

山際が、唐突に言った。円劉は、胸を突き刺されたような表情を浮かべた。青木は一瞬、邪魔するなという顔をしかけたが、急に思い直したらしく、体を引いて山際に続けろと促した。山際は、青木に軽く一礼して、円劉に尋ねた。

「いつからそんな具合なんだ」

「去年の春頃からだ。右手の痛みは前からあったんだが、急に酷くなってきてな。そのうち、指が思うように動かなくなった。秋頃からは、度々右手全体に痺れも出た。鍼医者に頼ったんだが、いつまで経っても良くなる様子がなかった」

「それで、半年前からは自分で仏像を彫るのもやめていたんだな」

円劉は力なく頷いた。

「箸ぐらいは何とか使えるが、筆も乱れるようになってな。鑿を使うなど、到底無理だ。細かい仕事は、一切できん」

「代作させる腕のいい弟子も、いなかったのか」

「そうだ。仕方なく弟子たちに、円劉の名でなく工房での合作という銘で作らせた。当然、質も値も落ちる。そこへ今度の法要の奉納の話だ。今までなら私に注文があっただろうが、私の作がしばらく出ていないため、何かあるのではと勘繰られた。それで、近頃評判の恒徳が推されたのだ」

「そうか。競作になったりしたら、あんたは出品すらできないしな」

「そうだ。恒徳に決まれば、私には次の作品が作れない以上、御上の御用は恒徳の独擅場になる。巻き返しはできない。そうなれば、私の名など、あっという間に忘れ去られる」

「よくわかった」

山際が、穏やかな声で言った。

「あんたは、恒徳に地位を奪われることより、自分の仏師としての名が忘れられ、消えてしまうのが堪らなかったんだな。それで恒徳の台頭を潰し、自分の名を継げる弟子が育つまで、何とか地位を保とうと、強引な手を使ってしまった」

円劉の顔が、崩れた。

「今すぐ恒徳の評判を消し去らなくては。そう思い込んでしまったんだ。どんな手を使ってもそうしなくては、と。馬鹿な話だ。本当に馬鹿な」

円劉は体を折り、じっと床を見つめていた。お美羽の耳に、嗚咽が聞こえて来た。

青木がゆっくりとした動きで十手を出し、円劉の肩に当てた。

「仏師円劉、北森下町入舟長屋並びに押上村三浦屋寮に付け火をしたる事、その結果、押上村の百姓一人を死に至らしめた事、重々不届き。これより召し捕る。神田豊島町大倉屋の付け火については、改めて詮議いたす」

円劉は、神妙に両手を差し出した。喜十郎が近寄り、縄をかける。お美羽はふと、山際の横顔を見た。その顔には、やるせなさのようなものが浮かんでいた。

# 十二

改めて御礼に、と言っていた勝太郎が、お美羽の家にやって来た。風呂敷包みを捧げ持った番頭を一人、伴っている。これはきちんと応対せねば、と思ったお美羽は、二人を座敷に通し、急いでどてらを脱いで羽織を着た欽兵衛と共に、畏まって一礼した。

「このたびは、大変にお世話になりました。付け火の咎人を捕らえるにも少なからぬご助力をいただいたとのこと、店主になり代わり、厚く御礼申し上げます」

まず番頭が口上を述べ、続けて勝太郎が「お美羽さん、本当にありがとうございました」と微笑んだ。お美羽は、顔がぽっと赤くなるのを感じた。

「そんな、大層なことはいたしておりませんのに」

謙遜すると、番頭が心得顔に言う。

「いえいえ、八丁堀の青木様からも、お働きについては聞き及んでおります。まずは、こちらを」

番頭は風呂敷包みを解いた。盆に載せられた反物だ。袱紗（ふくさ）に包まれたものが添えられている。巻かれた反物は、色は萌黄（もえぎ）で、倹約令を意識してか少し地味めだが、扇の小紋があしらわれ、相当値の張る品と見えた。

「商売物で恐縮ですが、西陣の上物です。お召しいただければ、幸いでございます。それと、却って失礼かとは存じましたが、どうかお気にせずお納めのほどを」

番頭は袱紗を広げた。紙に包まれた小判五枚。礼金のことなど頭になかったお美羽は、困って欽兵衛を見た。欽兵衛も困惑したようだが、突き返すのもまた失礼、と考えたようだ。「これは恐れ入ります」と頭を下げた。

「こんなにお気遣いいただかなくてもよろしかったのに」

御礼を求めて調べを手伝ったのではない、との意味を込めて、お美羽は勝太郎に言った。が、あまり通じなかったようだ。勝太郎は、「いえいえ、どうかご遠慮なく」と屈託なさそうに言うばかりだった。

「旦那様のお具合は如何ですか」

欽兵衛が、勝太郎の父の様子を聞いた。

「ご心配ありがとうございます。相変わらずというところで」

容態は悪くも良くもなっていない、ということか。ではやはり当分、内儀のお房が店を仕切ってゆかねばならないのだ。前は母も挨拶に、と言っていたが、今は忙しくて店を空けられないのだろう。

「お店の方は、もう大丈夫ですか」

聞いてみると、勝太郎は明るく言った。

「はい。明後日には店を開けるつもりでおります」

「ああ、それは良うございました」

欽兵衛が、祝いを述べた。

「そんなお忙しい時にわざわざお越しを頂きまして」

改めて恐縮すると、勝太郎と番頭が「とんでもない」と返した。

「付け火のことを片付けていただいたので、こうして無事に店が開けられるのです。幾重に御礼いたしましても、足りません」

そうまで言われると。お美羽は落ち着かなくなった。

「あの……大倉屋さんの付け火につきましては、正しくはまだ決着が」

おずおずと言った。円劉は、大倉屋の件は自分ではない、と言い続けている。

「ああ、それは青木様からもお聞きしております。何でも、手前どもの店が焼けた晩は、表立っては言い難いお人と会っていた、と話しているそうですが」

番頭は、そんなことは信じていないという風に言った。

「はい。寺社方の偉い人を料理屋で接待して、袖の下をたっぷり渡していたようですね。奉納の地蔵菩薩を自分に発注し直してほしいと、巻き返しを図っていたとか」

お美羽も青木から、その辺りは聞いていた。番頭は、これを聞いて嗤った。

「そのようなこと、寺社方のお方に真偽を尋ねても、知らぬ存ぜぬでしょう。確かめようがないことを承知で、嘘を言ったに相違ありません」

それはその通りだ、とお美羽は思う。が、大倉屋の件だけを否認しても、どのみち火炙りになるのは間違いない以上、意味はないはずだ。そこがどうにも、得心がいかなかった。寧ろ、正直に本当のことを言っている、と見た方がわかり易いのだが、そうすると大倉屋に付け火をしたのは誰だ、という難題が残ってしまう。

「実は、ここだけの話ですが」

番頭は、内緒ごとのように声を低めた。

「あの円劉という男、若旦那にも悪だくみを仕掛けておりましたので」

お美羽と欽兵衛が、えっという顔をすると、勝太郎が照れ臭そうに言った。

「黒船町の料理屋に呼ばれまして、火事の後始末でお店の金回りも大変だろう、少し融通するから、代わりに恒徳さんの地蔵菩薩は効き目がなかった、という話を広めてもらいたい、と持ちかけられたんです。お美羽さんには見られてましたよね。そのことを聞かれた時は、嘘をついてしまいました。済みません」

勝太郎は頭を掻いた。お美羽は、心からほっとした。やはりお美羽が考えたことと、ほぼ同じような事情だったのだ。

「円劉さんに言われた時は困りましたが、帰っておっ母……母と相談しましたら、そんな話に乗っては駄目だ、と言われまして、すぐ断りを入れました。そんな話を持ち込まれたこと自体が店の恥になるから、他人様に言ってはいけない、とも。円劉さんがお縄になったことで、もう隠さなくても良くなりましたが」

一瞬、番頭が顔を顰めた。そんな余計なことまで言わなくていい、ということだったのだろうか。

「とにかく円劉というのは、性根が腐っています。どんな嘘でも吐くでしょう」

番頭は、断罪するように言った。お美羽はそこまで割り切れなかった。実は喜十郎が、幾ら聞き回っても、大倉屋の付け火があった刻限近くに近辺の木戸を通った怪しい奴が浮かんで来ない、とこぼしていたのだ。隠れて木戸を抜ける手もなくはないが、手練れの盗人でもない素人の円劉がそこまでできるか、という疑問もあり、几帳面な青木は今も調べを続けさせているらしい。そこまでの話はできないので、お美羽は「はあ、そうですね」と曖昧な賛同を返しておいた。

「尼木様の御衣裳は、手配が付いたのですか」

大倉屋にとって一番の難題は、それだったはずだ。だがこれについても、明るい答えが返ってきた。

「幸い、代わりのものが用意できまして、つい先日、お納めいたしました。先様にも、御満足いただいております」

「おお、それは良うございました。これで万事、安心ですね」

欽兵衛は、喜ばしいことと頰を緩めた。勝太郎も番頭も、おかげさまでと笑みを返す。だがお美羽は内心、これで済ませていいのかと思い続けていた。

勝太郎と番頭は、四半刻ほどで帰って行った。丁重に送り出すと、お美羽と欽兵衛は座敷に戻り、茶を淹れ直して一息ついた。

「明後日店を開けるのか。頑張ったもんだねえ」

「そうねえ。お祝いしとかなきゃ。酒屋の升屋さんに言って、角樽を届けてもらっとくわ」

「ああ、頼むよ」

欽兵衛は茶を一口啜ってから、勝太郎たちが置いていった御礼の品に目を向けた。

「しかしずいぶん立派な御礼だねえ。その反物、西陣だと言ってたが、幾らするんだろうな。ちゃんとお前に似合いそうなのを選んでくる辺り、さすが商売だね」

「うん、そうねえ」

お美羽は反物を手に取って少し広げた。しっとりとした絹の手触りが心地好い。西島屋で見せられたもののような派手さはないが、ずっと品があるように思えた。

「でも、こっちはねえ」

お美羽は五両の包みを目で指した。

「お金をそのまま包んでくるなんて、何だか、下に見られてるような気がするんだけど」

「そりゃあ、気にし過ぎだよ」

欽兵衛は、人好きのする笑みを見せた。

「私なんか、結納を持って来たのかと思った」

お美羽は、口にした茶を噴き出した。

「じょ、冗談はやめてよ。気が早いにも程がある」

「でもあの若旦那、お前を見る目付きからすると、どうもその気だよ。初めにうちに来たのだって、きっと青木様の……」

「お父っつぁん、それ、青木様に確かめたの？」

とんでもない、と欽兵衛は手をバタバタ振る。

「向こうから言い出さないのに、面と向かって聞けないよ」

「じゃあ、独り相撲じゃない。しっかりしてよ、もう」

呆れたように言いながら、実は自分でもかなり期待しているのが恥ずかしかった。

欽兵衛はまだ、そうだと思うんだがねえなどと、くどくど呟いている。

実は、欽兵衛には言っていないが、お美羽にも思い当たることがあった。伝助という男が、大倉屋に雇われて自分を尾けていたと思える節がある。一時は、大倉屋自身が何か付け火に関わっていて、調べの進み具合を見張っていたのでは、と背筋が寒くなったが、あれは、縁談を進めるためにお美羽のことをいろいろ調べていたのではないか。そう考えると、ちょっとどきどきする。

「それにしても、大倉屋さんはすぐに立ち直って本当に良かった」

照れ隠しなのか、欽兵衛は話を戻した。

「お店の屋台骨が、それだけしっかりしてたんでしょうね」

「そうだね。ご当主が寝込んでいても、皆がしっかり盛り立ててるんだね」

感心なことだよ、と欽兵衛はしきりに言った。

「はいはい、それじゃ買い物に行くから、このお金、しまっといてね」

お美羽は立ち上がり、欽兵衛はわかったと言って、盆に手を伸ばした。

「しかしお店が開けられたのは、焼けたのが裏半分で済んだからだよねえ。それを考えたら、恒徳さんの地蔵菩薩の効能は、やっぱりあったんだと言えるかもしれんね」

またその話、とお美羽は受け流した。欽兵衛は、さらに続ける。

「尼木様の婚礼衣裳さえ焼けなかったら、恒徳さんの評判は却って上がってたかもしれないのに、巡り合わせってのは、どうなるかわからないもんだねえ」

お美羽は、表に行きかけた足をぴたりと止めた。

「お父っつぁん。今、何て言った」

買い物やめた、ちょっと出てくる、と叫んで、お美羽は表に飛び出すと、まっしぐらに北へ走った。今ならまだ、追いつける。

二ツ目之橋を渡って左に曲がり、相生町(あいおいちょう)二丁目まで来たところで、やっと勝太郎と番頭の背中が見えた。

「大倉屋さぁん、待って、ちょっと待って下さい」

懸命に呼びかけると、二人は足を止めて振り返り、お美羽を見つけて目を丸くした。

「お美羽さん、どうしたんです。私、何か忘れ物でもしましたか」

大きく肩で息をするお美羽に気圧されたように、勝太郎が聞いた。お美羽はかぶりを振る。

「一つ、一つだけ、確かめたいことがあるんです」

「は、はあ。何でしょう」

「例の地蔵菩薩です。あれ、火事の時はお店のどこにありましたか」

「どこって……店の帳場のすぐ裏側に、台座を作って置いていました」

怪訝な顔のまま、番頭が答えた。

「奥の仏間じゃなかったんですね」

「はい。専ら火除けのお守りですから、店の表に近い方がいいと」

「店の人以外に、そのことを知ってた人はいますか」

勝太郎と番頭は、困惑したように顔を見合わせた。


勝太郎たちと別れたお美羽は、次に南六間堀へと向かった。見回り中の青木を摑まえるのは難しいが、喜十郎なら家か番屋にいるだろう。

思った通り、喜十郎は家の火鉢の前に座って、煙管を使っていた。お美羽は挨拶もそこそこに、あたふたと座敷に駆け込んで喜十郎の目の前にぺたんと座った。

「何だお美羽さん。殴り込みに来たみてえな勢いだな。どうした」

呆れたように言う喜十郎に、お美羽は急き込んで聞いた。

「円劉ですけど、亀戸と海辺大工町の納屋の付け火については、どう言ってます」

「あの納屋のボヤか」

喜十郎は、顎をひと撫でして言った。

「亀戸の付け火なら、一昨日捕まったぞ」

「えっ、捕まった？」

これは意外だった。お美羽はしばし、ぽかんとした。

「驚くほどのこたァねえや。あの辺をうろついてたこそ泥が、潜り込んで暖を取ろうとしたら、火が板壁に移っちまった。それだけの話だ」

お美羽は改めて頭を懸命に回した。そうだったのか。あそこは、開けた場所だった。延焼し難いということでは同じだが、土や漆喰の壁に囲まれた場所ではなかったのだ。逆にこれで、話がわかり易くなったのではないか……。

「海辺大工町の方は、どうなんです」

「あれについちゃ、円劉はやってねえと言ってる」

「そうですか。では、誰がやったと思いますか」

「はァ?」

喜十郎は、妙なものでも見るような目をお美羽に向けた。

「そんなもん、円劉が嘘言ってんだろ。大倉屋と同じようによ」

「もしかして、火が出た頃に海辺大工町の周りの木戸を通った人は、見つかっていないとか」

喜十郎は答えずに目を逸らし、煙草をふかした。やはりそうらしい。

「無理に嘘を言い張る必要って、円劉にあるでしょうか」

言われて喜十郎は、眉間に皺を寄せる。

「そりゃまあ、益がねえって言われりゃそうかもしれねえが……」

「もう一つ。何年か前、恒徳さんの地蔵菩薩を置いてた家が丸焼けにならずに済んだって話。あれ、どんな家かわかります?」

「今度はまた、何を聞くんだよ」

あちこち飛ぶ話に、喜十郎は目を白黒させた。

「もうだいぶ前だろ。確か商家だったが、あんまり覚えてねえぞ」

「それ、確かめることってできますか」

「青木の旦那に奉行所の記録を見てもらえば、わかるだろうがな」

喜十郎はお美羽の顔を、じっと見た。

「何を考えてるんだ」

「まだ形になってないんですけど」

お美羽は、握った手に力を込めた。

「どうやら繋がってきたような気がします」

## 十三

「おや、これは山際様とお美羽さん。よくお越しで。どうぞお上がりを」

しばらくぶりに会った恒徳は、愛想よく自ら二人を奥に案内した。仕事場に目をやると、作りかけの仏像が先日より増えていた。円劉がお縄になったことが世間に知られて、また恒徳の評判が持ち直したのだろう。だが、弟子の姿は見えなかった。

「仙之介さんですが、昨日、長屋に戻りました。仕事に出られるようになるまで、もうしばらくかかりそうですが」

座敷に座ってまずお美羽が言うと、恒徳は目尻を下げた。

「はい、良伯先生が知らせてくれました。ここしばらく忙しくて様子を見に行けなかったのですが、元気そうですか」

「ええ、血色もすっかり良くなって。まだ頭にさらしを巻いてますし、急に動くとふらつくそうなので、安静にするように言っていますが」

「そうですか。仕事のことは気にせず、充分に養生するようにと伝えて下さい」

「承知しました」

お美羽が頷くと、恒徳は居住まいを正して畳に手を突いた。

「山際様、お美羽さん、このたびは誠にお世話になりました。おかげさまで、私への悪評も影を潜めまして、元通りご注文をいただけるようになりました」

「では、奉納のことについても、いよいよ本決まりか」

山際が聞くと、恒徳は「はい、どうにか」と言った。短い答えだったが、満面の笑みが内心をよく表している。

「明日から奉納の地蔵菩薩の本造りに取り掛かります。私はそれにかかり切りになりますので、弟子たちはかなり忙しくなりますから、今日はそれに備えて思い切って休みにしました」

それで仕事場に誰もいないのだ。だがお美羽も山際も、そのことは知っていた。だから今日を選んで来たのである。聞かれることなく恒徳一人と話をするために。

「それにしても、円劉さんがまさか、あそこまでなさるとは。右手のことについては、全く存じませんでした」

恒徳が、誠に残念という風に眉根を寄せた。

「このままでは何もかも失いかねないという焦りが、逆に一瞬で全てを潰してしまったのだから、皮肉なものだ」

山際が、どこか達観したように言った。恒徳も溜息をつく。

「誠に、仏師に限らず、何かを極めようとする者は業が深いと申しますか。それでも、全て片が付いて安堵いたしました」

「いえ、全て片付いたわけではありません」

お美羽が、恒徳を遮るかのように言った。恒徳は顔を曇らせた。

「まだ終わっていないと？」

「ええ。仙之介さんを襲った者は、まだ捕まっていません」

「ああ、そのことですか」

恒徳は少しほっとしたように表情を緩めた。

「円劉さんが雇った誰かが、まだ見つからないのですね。しかし頼み人の円劉さんが捕らえられた以上、もう二度と襲われることはないでしょう」

「円劉さんは、誰も雇ってはいません。仙之介さんのことは、自分の差し金ではないとはっきり言っています」

「いや、しかし……」

恒徳の顔に、明らかな困惑が浮かんだ。

「円劉さんの言葉を信じるのですか。他に誰があんなことをすると言うのです」

「誰が、というのは後にしよう。信じるか、ということなら、そうだと言わざるを得ない。八丁堀の青木さんが幾ら調べても、円劉には殺しを請け負うような輩との付き合いはないし、誰か雇ったという話も全く出て来ない」

「それは……はあ」

そうまで言われては反論できないだろう。恒徳は口籠もった。

「それに、大倉屋さんの付け火も、円劉さんは自分ではないと言い張っています」

お美羽が続けて言うと、恒徳の顔が少し強張った。

「それも、お信じになるのですか」

「何しろ、どこをどう通って火を付けに行ったのか、わからないんです。豊島町の周りの木戸を、火事の前後に通った人は誰もいないって、それぞれの木戸番がはっきり言い切ってるんですから」

「まさか円劉が、木戸を避けて屋根伝いに走って行ったとは思えんからな」

山際が冗談めかして言うと、恒徳も「それはそうですね」と笑った。だがその顔は、心なしか引きつっていた。

「ちょっと大倉屋さんのことを話しましょう」

お美羽は、話の方向を変えた。

「大倉屋さんは、左右を土蔵と土塀に囲まれています。裏手の住まいと表のお店とは、中庭で隔てられていて、廊下で繋がっている。裏の一か所で火が出ても、周りが丸焼けになり難い建て方だったんです。おかげで、住まいのところが焼けただけで済みました」

「はい……それは幸いなことでした」

「恒徳さんの地蔵菩薩の効用、ということでしょうか」

「いえ、まあ、世間様ではそのように捉える方々もいらっしゃいますが」

恒徳は苦笑交じりの謙遜で応えた。お美羽は聞き流し、先に進む。

「大倉屋さんでは、地蔵菩薩を仏間ではなく、表のお店の方に置いていました。なので、これも焼けずに済みました。地蔵菩薩の御利益、大したものですね」

お美羽の言い方に揶揄が含まれているのに気付いたか、恒徳は眉を動かした。

「恒徳さんは、地蔵菩薩がお店の方にあることを、ご存知だったのですね。番頭さんから聞きました。帳場の裏に据える時、恒徳さんも立ち合われたと」

「それがどうしたと言われるのです」

恒徳は、次第に落ち着かなくなってきたようだ。声に苛立ちが交じり始めた。

「ここでちょっと昔に戻りましょう。何年か前の、恒徳さんの評判が上がるきっかけになった、火事のことです」

「そんな前のことが、何だと……」

恒徳が額を拭った。明らかに動揺している。

「火事は二件。青木様に奉行所の記録を調べてもらいました。一件目は、ごく普通の商家で、隣の火事が燃え移りかけたんですが、見つけるのが早くて、家の人たちが消したのです。隣は丸焼けでしたがその家は壁が焦げたくらいで済み、地蔵菩薩は無事でした。さて次の二件目ですが」

お美羽は、わざと言葉を切った。恒徳が目を逸らす。やはり、とお美羽は思った。

「こちらも商家で、一件目よりはだいぶ大きなお店でした。本棟の裏に離れがあり、そこから火が出たのです。ここは土蔵と土塀に囲まれ、隣に燃え広がることはありませんでした。間に庭があったため、本棟に火が移ることもなかった。地蔵菩薩は本棟にあったので、やはり無事でした」

ここでお美羽は、恒徳をぐっと睨んだ。

「わかりますよね。これって、大倉屋さんの火事とそっくりなんですよ」

恒徳は気を鎮めるように、一拍置いてから言った。

「何がおっしゃりたいのです」

「もう、おわかりかと思いますが」

恒徳は「まさか」と笑った。

「私が大倉屋さんに火を付けた、と言われるんじゃないでしょうな」

「ええ、そう言ってるんです」

お美羽は平然と返した。恒徳が憤然とする。

「馬鹿な。何のためにそんなことを」

「地蔵菩薩の効能を、再び世間に知らせるためです」

恒徳の顔が、赤く染まった。

「言いがかりも甚だしい。そんな理由で、大火事になるかもしれないような、大それたことをするわけが」

「大火事にならないと承知していたら、別でしょう。あなたは地蔵菩薩を納めるのに大倉屋さんに出入りし、さっき言った二件目の火事の商家と建てられ方が似ているのに気付いた。あなたは、例の奉納の地蔵菩薩について、円劉が露骨な巻き返しに出ているのを気にしていました。あなたの作った地蔵菩薩の評判も、年月が経って効き目が弱くなっている。でもここでもう一度、前と同じように地蔵菩薩のある家でボヤが起きれば、評判が裏打ちされ、円劉の目論見をはね返すことができる。そこであなたは大倉屋に狙いを絞り、雨の降った後の晩という、大火になり難い時を見計らって、火を付けたんです」

「ちょっと待って下さい」

幾らか落ち着きを取り戻した様子の、恒徳が言った。

「さっきあなたが言ったじゃありませんか。火事の前後に木戸を通った人はいないって。だったら私は、どうやってこの深川万年町から神田豊島町へ行くことができたんです」

言えるなら言ってみろ、というように、恒徳の口元に薄笑いが浮かんだ。

「確かに、誰も通ってはいませんね。でも、木戸が閉まる前ならもちろん、通れます」

「何を言ってるんです。木戸が閉まるのは夜四ツ（午後十時）。火が出たのは、それから二刻以上も後でしょう」

「そんなことはわかっています」

お美羽はひるまずに言った。正直、ここからの話には何の証しもない。それでもお美羽は、間違っていないと信じていた。

「青木様に聞いたのです。時が経ってから火が付くような仕掛けはできるか、と。

そうしたら、以前に蠟燭と布を使った例があったそうです。蠟燭の根元に油の浸みた布を巻き、その布を火を付けたい板壁や床下に伸ばしておく。やがて蠟燭が燃えて短くなり、火が布に移る。火は布を伝って、家に燃え移る。そんな単純な仕掛けで、素人にも思い付けそうなものです。途中、風で蠟燭が消えないように囲いを付けるとか、滴り落ちる蠟の熱で布が燃え出さないようにするとか、工夫は必要なようですけど」

恒徳の眉が吊り上がった。

「そんなの、こじつけです。証しはあるんですか、証しは」

声が怒りに震えている。だが、動揺を誤魔化していると見えなくもない。

「証しはありません。仕掛けがあったとしても、全部燃えちゃってますから。でも、海辺大工町のことがあります」

海辺大工町、と聞いて恒徳のこめかみがぴくりと動いた。

「そこで何があったんですか。大倉屋さんと、どういう関わりがあるんです」

「海辺大工町では、使われていない納屋が燃えました。大倉屋さんの火事の六日前の夜中で、これも付け火です。この納屋は、土蔵と土塀、堀に囲まれていました。

大倉屋さん同様、燃え広がり難い場所です。しかも、近くの木戸を火が出た頃に通った人はいない。これも同じですよね」

「だから……だからと言って」

「ここから海辺大工町までは五町くらいの近所です。あなたは、大倉屋さんの建て方に似たあの納屋を知っていた。さっき言った蠟燭の仕掛けは、作りは簡単ですが本当にうまくいくか、あなたにも自信はなかった。そこで、この納屋を使って仕掛けが思った通りに働くか、試したんじゃありませんか」

「何を勝手なことを！」

恒徳が、堪忍袋の緒が切れたとばかりに怒鳴った。

「証しもないまま、この私が付け火をしたと決めつけるなど、許し難い。ただでは済ませませんぞ」

「付け火だけじゃありません」

お美羽が、ぴしゃりと言った。

「まだ先があります。このまま続けますか」

恒徳の顔が歪んだ。が、お美羽たちを叩き出すことはなかった。

「ほう。これは驚いた。まだ言いがかりがあると言うなら、聞こうじゃありませんか」

「はい。では、付け火の件の続きを申し上げます」

お美羽は、恒徳に目を据えたまま言った。恒徳は黙って睨み返している。

「海辺大工町での試みはうまくいきました。でも、あなたはすぐに大倉屋さんに火を付けることはしなかった。雨で木が湿るのを待ったのかと思いましたが、翌日には少しの間小雨が降っていたので、その晩に火を付けることもできたはず。二つの火事を結び付けて見られないよう、間を置いたのかとも思いました」

どうです、というように恒徳の目を覗き込んだが、動きはない。お美羽はそのまま続ける。

「まあ、それもあったでしょう。でも本音は、付け火をすることにまだ躊躇いがあった。言うまでもなく、重罪ですからね。ところがその次の日、あなたの背中を押すような出来事が起きた。うちの長屋の火事です」

「どうしてあんたの長屋のことで、背中を押されなきゃならんのだ」

恒徳は声を荒らげた。それは、お美羽の話が的を射ている証拠に見えた。

「あれは円劉さんの仕業でしたが、あなたももしかすると円劉さんが、ぐらいは思ったのではありませんか。その後あなたは、仙之介さんから火を付けた者が紐を落として行ったらしいと聞きました。それで、はっと気付いた。同じような紐を大倉屋さんの裏に落としておけば、入舟長屋の付け火と同じ者の仕業にできるのでは、と。あえて言わせていただければ、あまりに都合の良い考えですが、あなたはその思い付きに乗り、次の雨上がりの晩を待って、紐と蠟燭を仕掛けたのです」

恒徳の肩が、震え始めた。怒りなのか怖れなのか、お美羽にはわからない。

「でも、思惑は外れました。あなたは知らなかったのですが、尼木様から注文されていた婚礼衣裳が、住まいの側に置かれていたのです。それが燃えてしまったことで、地蔵菩薩の効能に疑いが挟まれた。読売屋を使って、西島屋がそれを煽る恰好になりました。あなたとしては、思ってもみなかった結果でしょう」

「もういい！」

恒徳が苛立ちも露わに嚙みつく。

「付け火以外のこととは、何なんだ」

「もちろん、仙之介さんを殺そうとしたことですよ」

お美羽は、あっさりと言った。

「大倉屋さんの裏で紐が見つかったと聞いた時、仙之介さんは妙に考え込んでいました。うちの長屋で見つかった紐のことは、長屋の私たちとお役人、それに仙之介さんが話したあなたくらいしか知らない。そして仙之介さんは、あなたの評判を上げたかつての火事のことを知っている。仙之介さんは、地蔵菩薩のこととそれらのことを考え合わせ、あなたが関わっているのではないかと疑ったんでしょう。私たちが円劉に目を向けている間に、ね。で、あなたにそれとなく尋ねた」

「それもこれも、当てずっぽうじゃないか！」

恒徳は拳を畳に叩きつけた。

「全部ばれたと思い、仙之介の口を塞ごうとして私が襲った、と、そう言う気だな」

「はい、その通りです」

お美羽は、何の躊躇もなく言ってのけた。

「仙之介さんの帰り道は、あなたもよくご存知のはず。一番暗いところへ先回りし、待ち伏せて後ろから殴りつけた。気を失ったところを大川へ放り込むつもりが、夜回りに見つかって慌てて逃げた。殺しにしくじったあなたは、仙之介に見られていないか心配でたまらない。だから毎日、様子を見に良伯先生のところに通った。仙之介が目覚め、何も覚えていないのを知って安心したあなたは、見舞いに通うのをやめた。そういうことでしょう」

「よくもそこまで、好き勝手が言えるものだ」

恒徳は、吐き捨てるように言った。だが明らかに、さっきより言葉の勢いが失われていた。

「どうかな、恒徳さん。全部こちらの憶測で、自分は潔白だと言い張るのかな」

それまで黙っていた山際が、いきなり言った。恒徳は少しびくっとしたが、山際を腹立たしげに見返した。

「もちろんです。聞きかじったことと頭の中で作り上げたことだけで、人を罪人呼ばわりするなど、許し難いことです。さっさと帰って下さい。でないと……」

「役人を呼ぶ、などとはまさか言うまいな」

山際は、懐から白っぽい塊を出すと、恒徳の方に投げた。塊は、畳を転がって恒徳の膝の前で止まった。

「な、何ですこれは」

恒徳は驚きを浮かべた顔で、塊と山際に交互に目をやった。その目に、怯えのようなものが見えた。

「そいつはな、蠟燭の燃え残りだ。海辺大工町の焼け跡で拾った」

恒徳の顔色が変わった。

「よく見ろ。隅っこに、四角い刻印があるだろ。あんたがいつも蠟燭を買ってる、一色町の備後屋(びんご)のものだ。あんたのところは夜なべ仕事が多いんで、蠟燭を大量に買ってるな。そういうお得意に納める蠟燭は、相手先ごとに違う刻印を入れてるそうだ。お得意によっては使い勝手のいいように注文を付けてくるので、間違いないよう区別する工夫らしい。で、そいつは疑いなくあんたのところのだ。それがあの焼け跡にあったとすると……」

「もういい!」

恒徳が、呻き声のような叫びを上げた。顔は蒼白になっている。

「なんでだ……せっかくここまでやってきたのに、なんで……みんな邪魔するんだ……畜生……」

恒徳が、ゆらりと立ち上がった。目付きが変わっている。何かが切れてしまったようだ。

お美羽は、恒徳の急な変わりように驚き、座ったまま後ずさった。恒徳が、右腕を持ち上げた。それを見たお美羽は、悲鳴を上げそうになった。いつの間にか、恒徳の手には鑿が握られていた。

恒徳が、奇声を上げてお美羽に躍りかかった。今度こそお美羽は、悲鳴を上げた。次の瞬間、山際が帯から脇差を鞘ごと抜き、恒徳の手首に叩きつけた。恒徳は叫び声と共に鑿を取り落とし、瞬きするうちに背後に回った山際に、たちまち組み伏せられた。

「お美羽さん、大丈夫か」

「え、ええ、無事です」

腰を抜かしそうになっていたお美羽は、何とかそれだけ返事した。追い詰められた恒徳が、抵抗するとは思ったが、ここまで極端な動きに出るとは予想外だった。弟子が恒徳に加勢しないとも限らないし、他人に聞かれない方がいい話だと思って、わざわざ工房が休みの日に来たのだが、山際に一緒に来てもらって本当に良かった。

「畜生め……畜生め……」

山際に押さえ込まれた恒徳は、それだけを繰り返していた。気を取り直したお美羽は、恒徳の傍に寄った。

「あんた、自分の評判を守るためだけに、ここまでやったの」

恒徳は、呻き声を漏らした。

「私は仏像のことなんか、わからない。けどね、あんたの評判って、大火事を偶然避けられたからという、それだけで本当に成り立ってるの」

恒徳が顔を上げた。訝しげな表情が浮かんでいる。

「それだけで出来栄えが伴わなかったら、江戸の人たちは飽きっぽいから、あんたの仏像なんかとっくに見捨てられてる。そうならずに今まで続いてるのはねえ、あんたの仏像の出来が良かったからなんじゃないの」

恒徳の目が、見開かれた。今初めてそんなことを聞いた、という様子だ。お美羽は溜息をついた。

「円劉や郭元はあんたの腕をこき下ろしてたけど、それこそ妬みよ。だから、普通にそのまま精進してりゃ良かったのに。そんなことさえ、自分でわかんなかったの。

揚句に大事な弟子を手にかけようとするなんて、ほんっと最低」

恒徳は、呆然としたまま声も出ないようだ。唇が震えている。

「うちの店子に手ぇ出す奴は、ただじゃおかないんだから」

お美羽は捨て台詞を残して、立った。恒徳は畳に伏している。その畳が恒徳の涙で濡れているのが、妙に鮮やかにお美羽の目に映った。

お美羽から恒徳のことを聞いた仙之介は、それほど驚いた様子も見せなかった。

「そうですか……師匠が」

呟くように言うと、仙之介は布団の上に座って、うなだれた。

「円劉さんもそうだけど、恒徳さんも付け火をしてまで評判を守りたかったわけでしょう。それほどまでに、拘(こだわ)らないといけないものなの」

お美羽はそれが未だに呑み込めていなかった。あまりに極端ではないか、と思うのだ。円劉も恒徳も火炙りになるのは免れないが、こんな形で命を賭けるのは、やはりどうかしている。

「おっしゃる通りです。師匠の場合は、長く芽が出なかったのが、突然もてはやされるようになりましたから。一度味わってしまうと、もう元の境遇には戻れなかったんだろうと思います」

そんなものかなあ、とお美羽は思う。もし自分が、ある日突然お姫様のような身分になって、また突然元に戻りそうになったら、戻らないために必死で抗うだろうか。夢を見ただけと開き直りそうな気がする。だが、自分の腕を認めてほしいと思っている者にとっては、また違うのだろうか。

「ところで仙之介さん、聞いときたいことがあるんだけど」

「あ……はい」

仙之介は、幾らか不安げな返事をした。

「あなた、自分を殴ったのが恒徳さんだと、気が付いてたんじゃないの」

「ああ、そのことですか」

仙之介は俯き加減になって、小さく頷いた。

「顔は暗くて見えませんでしたが、気配で何となく。あの日の昼に、長屋の付け火の折に見つかった紐のことについて、誰かに話しましたかと問うたんです。当り障りのない聞き方をしたつもりですが、声の調子から私が師匠を疑っていることを感付かれたようです」

「それで、口を塞ぐしかないと思ったのね」

ずいぶん杜撰なやり方だった。しかも、長い間自分の下で働き、頼りにもしていた弟子を殺そうとするとは。その時点で、恒徳の心はだいぶ追い詰められていたのかもしれない。

「思えば師匠も気の毒です。世間が勝手に作った評判に振り回され、自分を失ってしまったのですから」

仙之介は、しみじみと言った。その声音からは、恒徳への恨みは感じ取れなかった。

「だから、言わなかったのね」

仙之介は、黙って俯いた。

「これから、どうするの。恒徳さんの工房は、閉まっちゃったし」

「はい。雇ってくれるところを探します。自分で言うのも何ですが、腕はまずまずと思いますんで」

「そうね、それがいいわね」

恒徳の後を継げるくらいだったのだから、他の仏師で彼を雇おうという者はいるだろう。円劉と恒徳が急にいなくなったので、流れた注文で忙しくなるところもあるはずだ。あるいは、郭元などと組んで新しい工房を起こす？　いや、あの郭元と一緒じゃ難しいかな。

「あれ、どうかしましたか」

「え、いや、何でもない」

つい笑みが顔に出たらしい。お美羽は、お大事に、と言って外に出た。仙之介の店賃は、ひと月くらいは待ってあげよう。

夕方近くなって、青木がやって来た。礼を言いに来たようだ。欽兵衛はまた将棋に出かけて戻っていなかったが、青木は構わないと言った。

「それより、山際さんを呼んでくれ」

お美羽は、はいはいとすぐ山際の家に行った。山際は明日の手習いの用意を終え、香奈江と遊んでいるところだったが、青木が来ていると聞くと、すぐに立ち上がった。

「よう山際さん、今度もだいぶ世話になったな」

座敷に入って来た山際に、青木はいかつい笑みを見せた。

「やあ青木さん、恒徳はどうしてる」

「奴は洗いざらい喋ったよ。吐きつくした後は、抜け殻になってる。萎んだ紙風船みてぇなもんだ」

「そうか。何かの支えが折れてしまったんだな」

「ああ、そんな感じだな」

情けねえ話だ、と青木は溜息をついた。

「それから奉納の話だが」

「うむ。どうなったんだ」

「取り止めになった。この一件でケチがついちまったからな。大火の法要はやるが、地蔵菩薩の方はもうやめておこう、と南町の根岸様が言い出したそうだ。みんな同じに思ってたらしくて、あっさり決まったとさ」

もっともな話だ、と山際もお美羽も得心する。

「大火の法要に付け火が絡むなんて、洒落にもならねえや」

青木は残念そうに呟いてから、がらりと調子を変えて言った。

「ところで山際さんよ。ちょっと聞きてぇんだが」

「ほう、何かな」

「あの蠟燭の燃え残りだ。どっから仕入れた」

「どこから、とは？」

「とぼけなさんな。海辺大工町の焼け跡は、すっかり調べたんだ。あんな代物が落ちてたら、とっくに気が付いたはずだ。いきなり都合良く出て来るかよ」

あらら、とお美羽は目を逸らした。山際が頭を掻く。

「まいったな。やっぱり青木さんの目は誤魔化せんか」

「思った通り、仕込みか」

「備後屋で、恒徳のところに入れている蠟燭と同じものを一本、融通してもらった」

「ふん、それを燃やして、ほんの少し残した奴を、焼け跡で拾ったなんて言って、恒徳を騙したわけだな」

青木はせせら笑い、お美羽の方に目を向けた。

「お美羽、お前の差し金か」

「と、とんでもない。そんな大それたこと」

嘘つきやがれ、と青木が笑う。

「まあ、どのみち御白洲には出さねえ。恒徳が吐いたことには裏付けが取れてるし、それで充分だ」

青木はそれだけ言うと、席を立って背を向けた。それから、肩越しにお美羽たちに言った。

「ま、今回のことについちゃ、礼を言っとく。だが、あんまり出過ぎた真似はするなよ」

「以後、気を付けよう」

山際が言うと、青木は「ふん」と鼻を鳴らした。

## 十四

大倉屋から明日来てほしいとお美羽に言ってきたとき、欽兵衛は「よし」とばかりに手を叩いた。

「大倉屋のお内儀が会いたいそうじゃないか。お美羽、いよいよ来たねえ」

「何が来たって言うのよ。嵐や雷じゃないんだから」

「いやいやこれは、嫁としてふさわしいか、お前を見て確かめようという肚だよ。きっとこの前勝太郎さんと一緒に来た番頭さんは、その辺をしっかり見極めるようお内儀から言われてたんだろうねえ」

「じゃあ私は、お眼鏡にかなったというわけ？　お父っつぁんたら、はしゃがないでよ」

　そう言いながらも、お美羽は胸の内で舞い上がっていた。大倉屋の嫁、勝太郎の嫁、という言葉が、頭の中でぐるぐる回っている。

　一晩中大騒ぎして一番ふさわしい着物を引っ張り出し、ややおとなしめの銀鼠の裾に春の花をあしらったものに、薄桃の帯を締めることにして、ようやく床に就いた。無論、ほとんど眠れたものではない。

　翌日、欽兵衛ははらはらしながらお美羽を見送った。自分も行きたそうだったが、正式の挨拶ではないし、先方が自分だけに会いたいというのだから仕方がない。言ってもいないのに何か感じ取ったか、長屋のおかみさんたちが雁首を揃えていた。まるで合戦に出る侍大将を送り出す如くだ。

心騒ぐまま、お美羽は両国橋を渡り、豊島町に着いた。店を再開した大倉屋は、元の繁盛を取り戻しているようだ。西島屋が潰れたことで、流れた客もいるに違いない。

手代に告げると、丁重にだが裏へ回るように言われた。ちょっと首を傾げたが、客の邪魔にならないように、ということだろうと思い、素直に裏木戸から厨の脇に入った。そこからは待っていた女衆の案内で、奥に通った。

奥、と言っても住まいの方はまだ建て直しの最中で、大工が何人も働いている。お美羽が通されたのは、地蔵菩薩が置かれている隣の部屋だった。取り敢えずの座敷として、使われているらしい。

襖は閉じられていたので、お美羽はまず襖の前に座った。最初が肝心だ。ゆっくり息を吸ってから、声をかけた。

「失礼いたします。美羽でございます」

「お入りなさい」

内儀と思われる声がした。お美羽は、そっと襖を開け、一礼した。

顔を上げると、正面に四十五、六と見える婦人が座って、こちらにじっと目を注いでいた。大倉屋の内儀、お房に違いない。隣には、勝太郎が座っている。

「こちらへ、おいでなさい」

お房は、座敷の中ほどを示した。お美羽は言われた通りに膝を進める。進みながら、じろじろ見ていると不快に思われない程度に、お房の様子を窺った。

お房は細身で、顎が少し尖っているせいか、気が強そうに見えた。まあ、これだけの身代を当主に代わって切り盛りしようというのだから、弱々しくてはやってゆけまい。それでも、お美羽を見る目が妙に冷たい感じなのは、気になった。

「北森下町、入舟長屋の大家欽兵衛の娘、美羽でございます。よろしくお願いいたします」

きちんと挨拶したつもりだが、お房の目付きは、何か気に入らないようだった。

ふと気付くと、お房はお美羽の着物を見ている。慎重に選んだつもりだが、どこか拙かったか。

「先日、反物をお届けしたはずですが」

お房が言った。あ、そういうことか。しまったとお美羽は思った。あれは、呼ばれたらこれを着ていらっしゃい、という意味だったようだ。あの反物は、勿体なさ過ぎると思ってまだ仕立てていなかった。

「申し訳ございません。仕立てが間に合わず……」

「いいえ、結構です」

お房は有無を言わせぬような声で、お美羽の言い訳を止めた。

「まずは御礼を申しておきます。このたびの付け火に関わる諸々の難事に、お力添えいただいたこと、ありがとうございました」

「あ、いえ、とんでもない。先日は御礼の品まで頂戴し、却って恐れ入ります」

「あのぐらいは、大倉屋として当然です」

お房は、笑みさえ浮かべずに言った。

「ただ、勘違いなさらぬよう、先に申し上げておきます。あの一件でお世話になったことと、この大倉屋に入ることとは、全く別のことです」

「あ……はい、もちろんです」

理屈の上からは当然のことだ。けど、そこまで直截に言わなくてもいいじゃない、とお美羽は思った。

「あなたにお頼みするときにも、お頼みしてからも、あなたのことはいろいろと、調べさせていただきました」

さも当然、というようにお房は言った。聞きようによっては、随分失礼だ。

「お調べに……なったのですか」

「ええ。信の置ける人を使って」

やっぱりだ。下っ引き上がりの伝助という男、お房に雇われてお美羽を尾けていたのだ。しかし、勝太郎は知っていたのだろうか。

「あの、おっ母さま……」

勝太郎が、おずおずと何か言いかけた。途端にお房は勝太郎の方を向き、柔らかな微笑みを投げかけた。

「はいはい勝太郎、わかっていますよ」

お美羽は「は?」と思った。自分に対するのと、態度があまりに違い過ぎる。別人のようだ。

「あなたがこの人のことをどう思っているかはわかっています。でもね、まずはおっ母さんにお任せなさい。いいわね」

何だか勝太郎を子供扱いするような言い方だ。勝太郎は不満だろう。そう思った。

だが、違った。

「はい、おっ母さま」

勝太郎は、にっこり笑って唯々諾々と従った。

「あなた、おっ母さんの言った通りにこの人にお願いをしたでしょう」

「はい、おっ母さま。ちゃんと、おっ母さまに教わった通りに話しました」

「それで、全部うまくいったでしょう」

「はい、おっ母さま」

「ほうらね。何事も、おっ母さんの言う通りにしていれば、全てうまくいくんですよ。お店のことだけじゃなく、みんなそう」

「はい、そうですね。おっ母さまは、何でも承知してなさる」

「だからこのことも、おっ母さんがちゃんとするから、あなたは待っていてね」

「はい、おっ母さま」

勝太郎はにこにこしながら、何度も頷いた。お美羽の方は、全く見ていない。

な、な、何じゃコイツは！　お美羽は唖然とした。まるで甘えん坊の五歳児だ。これが勝太郎の本性なのか。

目が点になって言葉も出ないお美羽に、お房が向き直った。表情は一変し、冷たいとしか言いようのない目付きに戻っている。

「お美羽さん、あなたはずいぶんしっかり者と評判ですね」

「はあ……恐れ入ります」

次に何を言われるか予想がついたので、お美羽は生返事をした。それもまた、お房は気に食わなかったらしい。

「しっかりしているのはいいけれど、勝気過ぎるというのは如何なものでしょう。気に入らないことがあると、障子を壊したり人を川に投げ込んだりするなどとは、もっての外……」

「ち、違います。それは誤解で……」

あれはたまたま壊れていた障子を触ったのと、手を振り払った相手の男が自分で足をもつれさせて川に落ちただけのこと。その噂が独り歩きして、お美羽は多大な迷惑を蒙(こうむ)っている。それを言おうとしたが、お房にぴしゃりと止められた。

「私が話している間は、黙ってお聞きなさい」

「……はい」

お美羽は仕方なく黙った。

「まあ噂ですから、尾鰭は付いているでしょう。でも、そんな噂を流されるというのは、あなたの行いのせいでしょう。違いますか」

違いますかと言われれば、違わないと言うしかない。それが癪なので、お美羽は黙っていた。それがまたしても、お房を不快にさせたようだ。目付きがますます険しくなった。

「あなたの長屋には、職人だの遊び人だのといった人たちが、住んでいるのでしょう」

「遊び人はいませんが、職人さんは何人もいます」

ほうらね、という顔でお房は薄笑いを浮かべる。

「そんな人たちとばかり付き合っているから、そんな風になってしまうのですよ」

この言いようには、さすがにむっとした。入舟長屋の住人は、ぐうたらなのもいるが、誰も皆、人情に篤い善人ばかりだ。

「あの、お言葉ですが」

堪らずに言い返そうとした。だが、お房はそれを言わせなかった。

「黙っていなさいと言っているでしょう。それが目上の者に対する態度ですか。嘆かわしい。いったいどんな躾をされてきたのやら」

お房は、ほとほと呆れたという風に、首を振った。そして勝太郎の方に向くと、またあの猫なで声を出した。

「ほらね、勝太郎。ちゃんとおっ母さんが見たから、こういう人だとわかるのですよ。お前は優しいから、ついつい人を見る目が甘くなってしまうのですねえ」

「はい、おっ母さま。気を付けます」

「この人は、どこかで躾け直していただかないといけませんね」

「はい、おっ母さま。そうしていただくといいですね」

お美羽は、目を覆いたくなった。勝太郎は、何一つ自分で決められないのだ。そして、自分でそれをおかしいとすら思っていない。思えば、ごく簡単なことを聞いたり、何かしようと声かけしたとき、勝太郎が一旦奥に引っ込んでから返事をする、という場面が何度もあった。あれは、いちいちお房に指図を仰いでいたのだ。まったく、何ということだろう。

「いいですか、お美羽さん」

お房は、お美羽に向き直って冷酷な顔で睨んできた。睨み返しそうになり、さっと目を伏せる。

「あなたの育ちが良くないようなのは、充分わかりました。あのお父様のもとでは、無理もないでしょうけどね」

何ですって？　お美羽の顔から、血の気が引いた。確かに頼りない父親だが、赤の他人からそんな言い方をされる覚えはない。

「いいですか。もし大倉屋の嫁になろうという望みがあるのなら、あの家をお出なさい。長屋の人にも、金輪際近付いてはなりません。行儀見習いの先は、私が見つけます。あなたはそこで暮らして、一から礼儀を身に付けなさい」

お房は、奉公人に命じるように言って、また甘い笑顔を勝太郎に向けた。

「勝太郎や。これでこの人も、少しはあなたの嫁にふさわしくなるでしょう」

「はい、おっ母さま。ありがとうございます」

「本当に、お里が知れると言うか、育ちというのは隠せないものですね」

お房は横目で、物乞いでも見るような視線をお美羽に浴びせた。どこまで人を見下すつもりだ。自分たちが、どれほど偉いと思っているんだ。

「いいですか。大倉屋のお客様は、立派なお方ばかりです。お店の名を汚すような振舞いは、一切許しません。長屋の住人などとは、本来いるところが違うのです。まずそのことから、胆に銘じておきなさい。わかりましたね」

「あの……長屋の人たちが、そんなに気に入りませんか」

何ですって、とお房は顔を顰めた。

「気に入るとか気に入らないとか、そういう話ではありません。立っている場所が違う、と言っているのです。あなたも、そのような物言いをするなど……」

もうたくさんだ。お美羽は、いきなり立ち上がった。

「帰らせていただきます」

お房は、目を剝いた。

「何を言ってるの。話は終わっていませんよ。この大倉屋の嫁になりたいというのなら、そんな態度が許されると……」

「うっせえわ！」

とても辛抱できない。お美羽はお房を怒鳴りつけた。お房の顔が、真っ青になった。そんな言葉を投げられたことなど、一度もないのだろう。傍らの勝太郎も、信じられないといった顔で固まっている。お美羽は、お房の方へ一歩踏み出して仁王立ちになった。

「馬鹿にするのもいい加減にして。そこまで人を見下すなんて、あんたたち、いったい何様のつもりでいるの。冗談じゃないわ。長屋にはねえ、あんたたちなんかより、よっぽど人として値打ちのある連中が、一杯いるのよ」

お美羽は一気にまくし立て、くるっと背を向けて歩き出した。その背に、お房が喚く。

「何て人なの！　あなたのような女は、この大倉屋の嫁になど……」

「こんなふざけた家への嫁入りなんて、こっちから願い下げよッ」

そう言い捨てて出て行こうとした。が、足を止めた。左側は中庭に面した廊下で、障子が立てられている。お美羽はその障子に、つかつかと歩み寄った。

「ちょうどいいわ。障子のぶっ壊し方、教えてあげる」

言うなりお美羽は、「はあッ」と掛け声とともに、右足を振り回して思い切り障子に叩きつけた。障子は、くの字に折れ曲がった。

　やれやれ、気が済んだ。お美羽はお房と勝太郎の方を振り返った。二人とも度肝を抜かれ、口をぱくぱくさせている。

「それでは、失礼いたします。障子は、ご請求があれば弁償しますので」

　お美羽は着物の裾を直すと二人にニヤリと笑いかけ、堂々と表から大倉屋を出て行った。


「それで、障子は弁償させられたの」

　団子を頬張りながら、お千佳が聞いた。ここは回向院前の茶店。お美羽とお千佳とおたみは、緋毛氈に団子の皿とお茶を置き、並んで長床几に座っていた。いずれが菖蒲(あやめ)か杜若(かきつばた)、三美人の揃い踏み、などと噂する人がいる……かもしれない。

「ううん、あれから何も言って来ない。うちとは二度と関わり合いになりたくない、ってとこじゃないの」

　お美羽が言うと、おたみがくっくっ、と笑った。

「それにしても、座敷の障子を蹴り壊すとはねえ」

「さすがにやり過ぎた。足袋履いてなかったら、足を怪我するとこだったわ」

それほど頭に血が上っていたのだ。でも、おかげですっきりした。

「これでまた、お美羽さんの伝説に新しい一章が加わりましたねえ」

「何が伝説よ。また縁遠くなるだけじゃん」

まあまあ、とおたみがお美羽の背を撫でた。

「後から聞いた話で悪いんだけど」

お千佳が団子を呑み込んでから、言った。

「大倉屋さんの旦那さんは入り婿で、もとからお内儀に頭が上がらなかったらしいの。あの家付きお内儀、旦那さんにも奉公人にも、すごく厳しいのよ。何でも思い通りにしないと、気が済まないみたい。でも……」

「勝太郎は別、ってことなのね」

お千佳が、そうそう、と頷く。

「旦那が頼りない分、一人息子に全賭けしてるのよ。小さいときから甘やかし放題。勝太郎さんもおっ母さんべったりって始末」

呆れたものねえ、とおたみが目を見張る。

「結構な二枚目なのに、間違って育っちゃったわけね」

「だから縁談が何度も壊れてるの。同業の間じゃ、大倉屋への嫁入りだけは堪忍、って話になってるらしい」

二十三まで独り身なのは、それなりの理由があったわけだ。だから少々難があっても、お美羽との縁談をまとめようとしていたのか。早くに気付くべきだった。普通なら大家の娘のお美羽なんか、最初から相手にされないだろう。

「……もっと早く言ってほしかった」

お美羽がこぼすと、お千佳は拝む仕草を見せた。

「ごめんごめん。お美羽さんのことがあってから、聞き回ってみて、やっとわかったのよ。太物商と呉服商って、同じようでやっぱりお付き合いは違うから」

「わかってる、わかってる。気にしないで」

お美羽は笑った。

「でもあれじゃ、勝太郎さんに代替わりした途端、大倉屋は潰れちゃうんじゃないかな」

同業者は、そう思っているからこそ縁談に乗らないのだろう。

「だよねえ。お父っつぁんにも、気を付けるよう言っとく。焦げ付きでも出したら大変」

お千佳は、ちょっと大人びた顔をして言った。おたみが、うんうんと頷く。

「でもお美羽さんも災難よねえ。去年の暮れだって、あの職人さんとうまくいくかと思ったら……」

お美羽は両耳を塞いで、首をぶんぶん振った。

「きゃー、その話はやめて！　あのことは深い井戸に投げ込んで、漬物石を百個積み上げて、その上にお堂を建ててお札を貼ってあるんだから」

どんだけ厳重なのよ、とおたみが噴く。

「まるで呪いの封印だね。今度のことはどうするの」

「品川沖に持ってって、大きな石を抱かせて沈める」

「殺しの後始末、みたいな」

「こんな話、死骸も同然よ」

酷い言い方だけどほんとだわ、とお千佳とおたみが揃って笑う。

「まあねえ、これから季節も夏に向かうし、またきっといい話がありますよ」

「だといいんだけどねえ」

お美羽は真正面にある桜の木に目をやった。すっかり葉桜で、青々とした葉が陽の光にきらきらと輝いている。新しい葉、新しい緑。今は、新しい何かが育つ季節。

「そうだね。新しい、いい話、またあるかもね」

お美羽は、ふふっと笑って残っていた茶を飲み干した。今日は暑くなりそうだ。

この作品は書き下ろしです。

江戸美人捕物帳(えどびじんとりものちょう)

# 入舟長屋(いりふねながや)のおみわ 春(はる)の炎(ほのお)

山本巧次(やまもとこうじ)

令和3年12月10日　初版発行

発行人――石原正康
編集人――高部真人
発行所――株式会社幻冬舎
〒151-0051東京都渋谷区千駄ヶ谷4-9-7
電話　03(5411)6222(営業)
　　　03(5411)6211(編集)
　　　振替00120-8-767643
印刷・製本―中央精版印刷株式会社
装丁者――高橋雅之





幻冬舎時代小説文庫

ISBN978-4-344-43154-6　C0193　や-42-5

幻冬舎ホームページアドレス　https://www.gentosha.co.jp/
この本に関するご意見・ご感想をメールでお寄せいただく場合は、
comment@gentosha.co.jpまで。